„Es gibt nichts Gutes, außer man tut es."
(Erich Kästner)

Stephan Boden

OSTSEE ROULETTE

DIGGER HAMBURG

Digger Hamburg und Polly wieder unterwegs.

Delius Klasing Verlag

Verlagshinweis
Besitzer von Smartphones oder Tablets können die in
diesem Buch platzierten QR-Codes zum direkten Aufruf
von Bildern und Videos nutzen.
Dafür notwendig ist der Download einer QR-Code-Reader-App.
Nach dem Download muss die App lediglich gestartet werden. Die Kamera des
Smartphones dann ca. 10 cm über einen QR-Code im Buch halten – und schon
öffnet sich automatisch das entsprechende Bildmaterial.

Bibliografische Information der Deutschen Nationalbibliothek
Die Deutsche Nationalbibliothek verzeichnet diese Publikation
in der Deutschen Nationalbibliografie; detaillierte bibliografische
Daten sind im Internet über http://dnb.dnb.de abrufbar.

1. Auflage, 2014
ISBN 978-3-7688-3911-2
© Delius Klasing & Co. KG, Bielefeld

Lektorat: Birgit Radebold
Fotos: Stephan Boden, bis auf Cover oben sowie Seiten 8, 56, 118: Gordon Debus
und Seite 19: S. Hunger
Einbandgestaltung und Layout: Ralf Nolting
Lithografie: scanlitho.teams, Bielefeld
Druck: Print Consult, München

Alle Rechte vorbehalten! Ohne ausdrückliche Erlaubnis
des Verlages darf das Werk weder komplett noch teilweise
reproduziert, übertragen oder kopiert werden, wie z. B.
manuell oder mithilfe elektronischer und mechanischer
Systeme inklusive Fotokopieren, Bandaufzeichnung und
Datenspeicherung.

Delius Klasing Verlag, Siekerwall 21, D – 33602 Bielefeld
Tel.: 0521/559-0, Fax: 0521/559-115
E-Mail: info@delius-klasing.de
www.delius-klasing.de

INHALT.

Urwaldbewohner auf Städtereise.	09
Ein Gefühl.	12
Lindaunis. Ende Mai 2013.	16
Luxusgut Zeit.	24
Urlaub auf dem Land.	29
Roulettesegeln.	34
Ein Haus mit ungewöhnlichem Zubehör. Kopperby.	41
Heiztechniken auf 18 Fuß.	52
Rasmus, du geile Sau.	55
Der Saugroboter.	68
Dänen und Strecken.	72
Einhand anlegen mit DIGGER.	77
Wo steckt eigentlich der Chef?	82
Seehundschaft.	87
Die alten Männer von Fynshav.	93
Rechts. Links. Vor. Zurück.	102
Wie betrunkene Jugendliche einen Törnplan beeinflussen können.	114
Geschützt, geschüttelt und gerührt.	121
Frank P., Hafenmeister.	126
Der Regenmacher.	135
Urlaub auf Ærø.	138
Anlegesplattermovie.	144
Marstal mit anderen Augen sehen.	148

Ein Ziel erreicht, das es nie gab.	_154_
Das Festival.	_160_
Zwischenbilanz eines Einhandseglers.	_170_
Doppelte Trennung.	_174_
Traditioneller Transfer.	_177_
Delphine.	_184_
Rekord im Langsamfahren.	_193_
Einmal ist keinmal. Zweimal macht alles anders. Auswirkungen.	_199_
Danke euch.	_206_

Urwaldbewohner auf Städtereise.

Dunkle Haut habe ich. Und ich bin leicht verlottert. Wenigstens habe ich mich mal wieder rasiert. Mein Zustand allerdings brachte in den vergangenen vier Tagen eine Lethargie hervor, die mich gebremst hat, meine Sachen zu waschen. Bis auf meine Hose trage ich nur altes Zeug, das ich irgendwo im Schrank gefunden habe. Die Sonne hat in den vergangenen Wochen meine Haut richtig ledrig gemacht. Ich stehe einfach nur da, Polly am Ende der Leine. Um mich herum ist alles so schnell und laut. In Musikvideos Ende der 90er wurde dieser Effekt oft eingesetzt: Der Sänger steht auf einer Verkehrsinsel, bewegt sich langsam. Um ihn herum alles im Zeitraffer. Alles huscht nur so an ihm vorbei.
Gegröle. Wie lange hatte ich das schon nicht mehr? Vor Kurzem erst war ich mit 1200 anderen Menschen auf dem Love-In-Festival auf der Insel Skarø. Biertrinkende Massen, die den ganzen Tag Musik hören. Gegröle? Nicht ein einziges Mal. Hier in der Bahn aber wird gegrölt.

In Hamburg ist wieder mal eines der unzähligen Wochenenden, an denen gleich mehrere Veranstaltungen aufeinanderprallen: DOM, Triathlon und dazu die ganzen Sommertouristen, die vor allem am Abend an diese Stadt schier unerfüllbare Erwartungen stellen. Darum ist die S31 nun auch so voll. Und ich bin mitten im Epizentrum der Ballermann-Gesellschaft. Ich fühle mich wie in Trance. Schweiß läuft mir den Nacken runter – ich hatte schon fast vergessen, was stickige Luft ist.

Ich beneide Polly, meine Parson-Russell-Hündin. Sie schaut den Leuten – vor allem den Döner-Essenden – tief in die Augen. Jeden

Blickkontakt erwidert sie mit einem freudigen Schwanzwedeln. Polly hat nie Probleme, nach einer längeren Reise wieder hier anzukommen. Ich hingegen brauche immer einige Zeit, um klarzukommen. Würde ich Polly jetzt fragen, wie sie es grad findet, bekäme ich ein lächelndes „Voll super!" als Antwort. Was für ein glückliches Hundeleben, so ganz ohne nachdenken.

Eine Stunde vorher lag ich apathisch und traurig in meiner Wohnung mitten in der lauten City. Ich traute mich kaum raus. Das Einkaufen im Supermarkt einige Stunden zuvor war eine Qual. Die aufgezwungene Entscheidung zwischen 32 verschiedenen Klopapiersorten absurd. Vergeudete Lebenszeit. Während ich an die Decke starre, bekomme ich von Nina eine Nachricht auf dem iPhone:

Mit meinen besten Freunden heute Abend im Garten sitzen und Bier trinken scheint mir die perfekte Lösung aus dem Dilemma. Frustsaufen nennt man so was vielleicht auch. Wenn nur diese blöde An- und Abreise per S-Bahn nicht wäre.

Zwei Monate war ich bis jetzt auf See. Eine sehr intensive Zeit. Ich wusste nicht, was mich erwartet, wenn ich ganz planlos mit meiner Varianta 18 DIGGER auf der Ostsee segele. Kein Ziel, kein Zeitrahmen, kein Vorhaben. Ich hätte viel länger Segeln gehen können, doch mir ist ein Ziel in die Quere gekommen. Eines, das es nie gab. „Man soll aufhören, wenn's am Schönsten ist", habe ich mir gesagt. Und es war gerade in der letzten Zeit am Schönsten. Ich habe noch nie eine intensivere Zeit auf dem Boot gehabt. Nicht nur Wochentage waren egal, auch Stunden, ja sogar Monate. Ist doch egal, ob es Mai oder Juli ist. Die Rückreise habe ich mir noch aufgehoben. Ein Lichtblick. Und gleichzeitig ein Martyrium. Ich werde noch mal ein paar Wochen segeln gehen, und dann fängt diese Resozialisierung wieder von vorn an.

Dammtor. Zum Glück! An der nächsten Haltestelle kann ich raus. Auch wenn mir dann noch ein Spießrutenlauf bevorsteht: durch die Schanzenstraße und Weidenallee. Zu Fuß und ungeschützt. Ich bin diesen hetzenden, lauten Monstern völlig schutzlos ausgeliefert.

Da ich gerade mein Buch über diese Reise schreibe, mache ich mir Notizen. Notizen von dieser S-Bahn-(Tor)Tour. Vor zehn Wochen schrieb ich über meinen Seelenzustand, kurz bevor ich in See stach. Nun schließt sich der Kreis. Vorher und nachher ist es beschissen. Aber ich trage so viel von dieser Reise in mir. Dinge, die nicht wieder von mir gehen, Erlebnisse, die noch lange meinen Hunger stillen. Wegen dieser überfüllten S-Bahn beginnt dieses Buch ganz anders, als ich dachte. Sonst hätte es erst auf der nächsten Seite begonnen.

Das Bier trinken mit Freunden klappt ganz hervorragend. Es tut gut. Die Rückfahrt in der U3, die auch noch via St. Pauli fährt, nicht.

Ein Gefühl.

Was ist das nur für ein komischer Seelenzustand? Ich freue mich auf die kommenden Monate. Gleichzeitig steigt in mir die Gewissheit auf, dass sich der Zustand „Heimweh" gerade bereit macht, aufzuwachen. Ganz ehrlich gesagt habe ich Heimweh, obwohl ich noch gar nicht weg bin. Seit zwei Tagen geht das so.

Bis vorgestern gab es noch viel zu tun. Wenn man längere Zeit auf Reisen geht, muss vorher neben all dem Kram, der sowieso jeden Tag anfällt, noch vieles andere organisiert werden. Hab ich an alles gedacht? Irgendwas vergessen? Habe ich noch offene Baustellen, die mir gerade nicht einfallen und die ich von unterwegs nicht abwickeln kann? Dazu noch arbeiten, rumhetzen, abheften, einpacken und aufschreiben. Mein Gott, bin ich froh, wenn ich endlich weg bin. Dieses Gerenne, dieser Zeitdruck geht mir so auf den Sack. Die volle Stadt kotzt mich an. Voller Touristen, es ist Hafengeburtstag. Ich hasse solche Tage.

Heute morgen nun lag ich im Bett, hörte draußen die Geräusche der Großstadt und dachte: Ach, ist das schön hier! Schöne Wohnung, schöne Stadt, tolle Freunde. Ich verlebe einen wirklich feinen Tag zu Hause, habe nichts mehr zu tun. Ich denke an die kommenden Wochen. Und an all das, was ich in der Zeit hier verpasse. Champions League Finale ohne meine Kumpels, ohne dabei in der Schanze Augustiner Helles zu trinken. Ohne zu johlen. Ich werde es irgendwo gucken, wo ich niemanden kenne. Mit Fremden. Letztes Jahr habe ich das Endspiel in Marstal gesehen, Bayern verlor gegen Chelsea, obwohl die Münchener klar besser waren. Neben mir stand so ein Vogel, der keine Ahnung vom Fußball hatte. Er ließ sich dennoch nicht nehmen, hämische Freude lautstark in den Irish Pub zu werfen. „Ha ha ha, diese Millionentruppe verliert." Millionentruppe - weiß der

Depp eigentlich, dass der FC Bayern im Verhältnis zu Chelsea ein Kreisligabudget hat? Idiot! Warum sitze ich hier eigentlich? Ich will nach Hause, mit Philipp, Jürgen und Nina fachsimpeln, trinken und trauern. Schönes Gefühl, sich das vorzustellen.

Warten, dass es losgeht.

Ich habe mir diese Situation selbst eingebrockt. Als ich im vergangenen Jahr von meiner Reise auf der kleinen 18-Fuß-Varianta DIGGER mit meiner Freundin Kathleen und Hund Polly auf einem Blog schrieb, waren die Folgen nicht absehbar. Der Blog war für Freunde und Bekannte gedacht. Und heute? Mehrere Tausend Besucher pro Tag. Und es werden immer mehr. Ich habe meine diesjährige Reise, das Ostseeroulette, dort angekündigt. Ich kann nicht mehr zurück. Ich muss los. Ich will los. Und das ist auch gut. Seltsames Gefühl.

Nun sitze ich hier, organisiere meine Bilder auf dem Rechner. Lade Musik für die Reise runter. Es spielt grad das neue Album von „Holy Others". Sphärisch, schwer, melancholisch. Neben mir ein Glas Rotwein, auf meinem Schoß liegt Polly. Auf Facebook erreicht mich eine Nachricht. „Wann bist du eigentlich weg?" Ich antworte nicht. Wahrscheinlich traue ich mich in diesem Moment nicht, ein definitives Abreisedatum zu nennen, obwohl das schon feststeht. In sieben Tagen lege ich ab. Toll, irgendwie aber auch Scheiße – hab hier grad so 'ne tolle Zeit.

Ich gebe diesem Gefühl einen Namen: melankomisch.

Lindaunis.
Ende Mai 2013.

Am Vorabend meines Ablegens haben wir am Hafen Abschied gefeiert. Ich hatte das eigentlich gar nicht vor. Aber das Wetter war gut und Norbert Renz - Besitzer des Steges - meinte, es wäre eine tolle Idee, vorher nochmal zusammen zu grillen. „Zusammen" bedeutet in Schleswig, dass immer alle kommen. Und so sitzen wir bei klarem Himmel und Eiseskälte mit sehr vielen Leuten bis tief in die Nacht und feiern Abschied.

Die Saison kommt. Ich gehe.

Solche Abende machen meine Reise viel größer, als sie wirklich ist. Abschied feiern macht man doch eigentlich nur, wenn man jahrelang unterwegs sein wird. Ich aber finde die kommende Zeit schon im Vorfeld gar nicht lang. Drei Monate - was ist das schon? Wahrscheinlich ist es für Außenstehende viel länger als für mich. Claudia und Norbert haben gerade die ersten Charterer des frühen Jahres empfangen. Wenn ich zurückkomme, ist die Saison fast gelaufen. Vielleicht liegt es daran. Alltag geht langsamer rum als Urlaub. Man freut sich monatelang auf seinen Sommerurlaub, und nach 14 Tagen ist er vorbei. Bei mir sind es zwar ein paar Monate, aber auch diese Zeit geht schneller rum als man denkt. Jedenfalls wenn man der ist, der unterwegs ist.

So sitzen wir also bis 2 Uhr nachts zusammen. Dann gibt es kein Mittel mehr gegen die lausige Kälte, deshalb gehen alle nach Hause und ich aufs Boot. Es dauert sehr lange, bis ich schlafe. Denn zunächst muss ich das Boot und den Schlafsack mit Rüdiger, dem Heizlüfter, erst mal auf eine halbwegs angenehme Temperatur bringen, damit ich wenigstens ohne Jacke und warme Hose schlafen kann. Zeit, die ich zum Grübeln nutze. Wahrscheinlich liegt es an diesem Abschiedsabend. Sonst grüble ich nie vor den Touren. Ich denke drüber nach, wie diese Zeit so ganz allein werden wird. Über das Wetter. Über Reviere, Wellen und Wind. Über das Wie. Über das Wohin jedoch denke ich keine einzige Sekunde nach. Es ist mir egal.

Aufgrund des langen Vorabends schlafe ich am folgenden Tag ordentlich aus. Als ich Wasser für den Kaffee hole, hat Sven oben in seiner Segelmacherei bereits die ersten Stunden hinter sich. Danach gehe ich einkaufen und noch eine Runde mit jedem am Steg schnacken. Es wird also noch etwas später, bis ich tatsächlich zum Ablegen komme.

Bis etwa 13 Uhr scheint die Sonne. Eine leichte Brise aus West kündigt entspanntes Downwindsegeln auf der Schlei an. Ich stelle den Sack mit dem Parasail an Deck und rechne damit, abends in Kappeln anzulegen. Rasmus scheint nicht zu bemerken, dass ich loswill - sonst hätte er schlechteres Wetter gemacht. Allerdings endet sein Mittagsschläfchen dann auch bald. Wolken ziehen auf, und pünktlich im Moment meines Ablegens flaut es völlig ab. Dann dreht der Wind auf Ost. Also motore ich erst mal zur Stexwiger Enge, um auf der Großen Breite ein wenig zu kreuzen.
Etwa eine Stunde später berge ich die Segel wieder, weil ich die Missunder Enge erreiche. Von Südwesten kündigt sich eine graue Front an. Mit dem Außenborder fahre ich an Brodersby und Missunde vorbei. Es wird immer dunkler. Ölzeug und Regenhose liegen noch schön verstaut im Vor„schiff". Meine Lust auf Nasswerden ist aber

gering. Deshalb drehe ich um und entscheide, in Missunde anzulegen und trocken zu bleiben. Die Schlei schiebt an diesem Tag ordentlich Wasser durch die Gegend, und so habe ich ein Anlegemanöver mit viel Strömung von der Seite. Kein Boot liegt im Hafen. Zum Glück erwische ich eine Box mit Sorgleine, sodass das Anlegen nicht allzu stressig wird. Passend zur Belegung der letzten Vorleine fängt es auch wie aus Kübeln an zu schütten. Ich krieche unter Deck und muss Polly, die sich schon sehr auf einen Landgang freute, ruhig stellen. Beim Anlegen ist sie immer völlig aufgeregt. Zusammen mummeln wir uns in den Schlafsack und schlafen sofort ein.

Rund eine Stunde später werde ich von Polly geweckt. Sie stellt sich auf meine Brust und starrt mich so lange an, bis ich wach werde. Als ich meine Augen öffne, wedelt sie mit dem Schwanz. Ein untrügliches Zeichen, dass sie nun endlich an Land will. Der Regen hat sich gelegt. Also verlasse ich das Boot, nehme Hund und Landstromkabel mit und springe an Land. Zunächst einmal fällt mir auf, dass der Strom nicht funktioniert. Aus keinem Anschluss kommt Saft. Ein paar Meter weiter sehe ich, dass das Restaurant am Fähranleger geschlossen ist. Es wird renoviert. Daher auch kein Strom. Missunde ist völlig leblos. Duschmarken gibt's auch nicht. Also lege ich wieder ab. Ich habe keine Lust, hierzubleiben.

Nachdem ich die Missunder Enge verlassen habe, setze ich in Höhe der Liebesinsel (die heißt wirklich so) erneut Segel, um sie etwa zehn Minuten später wieder zu bergen. Der Wind nimmt stark ab, macht mit der Strömung gemeinsame Sache und kommt mir entgegen. Unter diesen Bedingungen macht auch eine Varianta 18 unter Segeln keine Fahrt. Ich will aber nach Kappeln, und zwar gern noch, solange es einigermaßen hell ist. Also schmeiße ich den Jockel an, stecke den Autopiloten ein und koche heißes Wasser für einen Ingwertee.

Seitdem ich auf der Schlei segele, also seit 13 Jahren, habe ich die Brücke von Lindaunis immer genau dann erreicht, wenn sie gerade wieder zumacht. Immer direkt vor meiner Nase. Das bedeutet

Endlich, wir sind weg.

Auf.

jedes Mal entweder vor ihr herumfahren oder eine Stunde an einer der Tonnen festmachen, die genau für diese Situation hier im Wasser liegen. Jetzt aber zeigt meine Plotter-App auf dem iPad ETA 17:40 an. Sollte also passen. Premiere.

Froh sitze ich im Cockpit. Ich mache nichts anderes als sitzen. Herrlich. Mein Handy habe ich ausgeschaltet. In diesem Moment wird mir klar: Ich bin weg. Unterwegs. Komme erst mal nicht wieder. Alltag gibt es in den nächsten Monaten nicht mehr. Keine Termine. Kein Druck. Keine Verpflichtungen. Sonnenaufgang, -untergang, Wetter und Wind sind die Parameter, nach denen ich leben werde. Und Nahrungsaufnahme. Bis auf den letzten Punkt kann ich davon nichts beeinflussen. Ich denke an nichts mehr.

Etwa eine Seemeile vor der Brücke werde ich von lauten Geräuschen aus meinem Tagtraum gerissen. Hunderte von Gänsen fliegen in einer Formation nur wenige Zentimeter über das Wasser und überholen mich. Zehn Minuten geht das so. Ein Schwarm nach dem anderen kommt vorbei. Zusammen mit dem grauen Abendhimmel und dem silbrigen Wasser ist das ein überwältigendes Bild. Wie ein Abschiedskomitee.

Und davon.

Als sie weg sind, erreiche ich die Brücke, die wie von Zauberhand geöffnet wird. Ich muss nicht einmal abbremsen, sondern fahre einfach durch sie hindurch. Die Gänse scheinen mich beim Brückenwärter angekündigt zu haben. Kurz hinter der Brücke, gerade als ich ausrechne, wie lange ich noch bis zum ASC in Kappeln brauche, fällt mein Blick auf etwas Wunderschönes: einen Bootssteg, der über das Wasser und einen schönen Schilfgürtel an Land führt. Ein paar Möwen sitzen darauf. Diese Szenerie ist so lecker und wirkt auf mich so anziehend, dass ich kurzerhand meinen Plan Kappeln verwerfe. Ich drossle den Motor, löse den Pinnenpiloten, binde die Pinne mit einem Stropp so, dass ich kleine Kreise fahre, und hole die Festmacher und Fender aus der Backskiste. Ich war noch nie in Lindaunis. Das ändere ich heute. Beim Einlenken in den Hafen bemerke ich, dass ich mein Vorhaben, ohne Plan zu segeln, heute bereits zweimal umgesetzt habe. 15 Minuten später trinke ich einen Anlege-Rotwein und koche mir Nudeln mit Pesto. Und nach einem ausgedehnten Hundespaziergang in der Natur falle ich glücklich in die Koje. Lindaunis. Nur etwa zwölf Seemeilen von Schleswig entfernt. Aber ich bin bereits ganz weit weg. Lindaunis liegt auf einem anderen Kontinent. Danke, Seglerleben.

Luxusgut Zeit.

Man stelle sich mal einen Tag an die Alster und beobachte Segler. Und dann fährt man nach Marstal und beobachtet sie dort. Man sieht zwei völlig unterschiedliche Welten, die allerdings fast die gesamte Bandbreite von Seglern zeigen. Der eine geht segeln, um sich mit anderen zu messen. Er will schneller sein, besser. Der andere sitzt einfach nur auf seinem Schiff und fährt gemächlich von A nach B. „Der andere" bedeutet in diesem Fall: der Fahrtensegler. Zu diesem Typus gehöre ich.

Schneller und besser brauche ich nicht. Nicht beim Segeln. Schneller und besser muss ich im Berufsleben sein. Täglich. Und wenn ich nicht schnell bin, muss ich halt Nachtschichten einlegen, sprich: mehr Zeit investieren. Geschwindigkeit ist in unserem Leben ein wichtiger Parameter. Hier in der Großstadt noch mehr als woanders. Überall hetzen Menschen herum. Autos fahren zu schnell. Autofahrer hupen und fluchen wie wild, wenn sie im Stau stehen – es ihnen nicht schnell genug geht. Die S-Bahn ist gerade weg. Die nächste kommt erst in sechs Minuten. Mist!
Apropos S-Bahn: Es ist ein Phänomen. Leute versuchen ständig, in die Bahn zu drängeln, während die bisherigen Fahrgäste noch aussteigen wollen. Sie quetschen sich durch und drängeln sich nach vorn. Vermutlich, damit es schneller geht. Stehe ich bei St.-Pauli-Spielen vor der Einlasskontrolle am Haupteingang in der Schlange, schieben immer wieder Leute von hinten. Oder versuchen, sich nach vorn zu mogeln. Sie wollen schneller im Stadion sein. Dass das Spiel aber sowieso erst um 15:30 Uhr losgeht, bedenken sie nicht. Hauptsache, schnell sein.
Dasselbe an der Supermarktkasse. Kommt eine Verkäuferin mit der Geldschublade angelaufen, werden die hinteren Schlangesteher schon unruhig, und sobald das obligatorische „Sie können auch an die

Kasse drei kommen" zu hören ist, startet ein wahrer Wettlauf. Jeder will schnell wieder aus dem Laden raus. Schnell nach Hause. Schnell kochen, schnell schlafen. Schnell leben.

Vor einigen Wochen las ich einen Artikel über das neue iPhone. Der CEO des Herstellers betonte stolz, das neue sei bis zu „sechsmal schneller" als das Vorgängermodell. Das scheint wichtig zu sein. Schneller surfen, schneller Kalendereinträge vornehmen, schneller telefonieren. Schneller Mails abrufen. Alle im Saal klatschten und jubelten, als stünde der Messias auf der Bühne.

Die Zeit, die man durch das „Immer-schneller-Werden" spart, taucht aber nicht auf der Haben-Seite auf. Das ist mir schon vor längerer Zeit aufgefallen. Im Prinzip ist der Alltag wie ein Smartphone oder Computer. Die Hardware wird immer schneller, doch immer neue und komplexere Programme machen alles wieder langsam. Zeit gewonnen? Nein. Ein Teufelskreis. Und erklärt die ansteigende Zahl von Burn-out-Fällen in meinem Umfeld. Weil die Hardware, sprich der Mensch, immer schneller wird. Werden muss. Weil man dem allgemein ansteigendem Speed folgen muss. Und weil die scheiß Software einen immer mehr beansprucht.

Amazon schreibt Rekordumsätze. Mittlerweile kann man dort sogar Lebensmittel online bestellen. Die Menschen haben keine Zeit mehr, in Läden zu gehen - trotz schnellerer Handys. DHL bringt das Steak - per Express.

Es heißt: Zeit ist Geld. Ich würde eher sagen: Zeit ist besser als Geld. Je mehr man hat, desto größer der Luxus. Geld wird immer

Zeit. Mein wertvollstes Gut.

weniger wert. Zeit nicht. Zeit wird immer wertvoller. Wer Zeit hat, ist zu beneiden. Dabei kostet Zeit nichts. Und es gibt sie im Überfluss. Man muss nicht einmal etwas dafür tun. Sie liegt überall umsonst herum. Man muss sie sich nur nehmen.

Ich wohne im sechsten Stock. Mit Fahrstuhl. Eine Fahrt dauert 55 Sekunden. Pro Tag fahre ich etwa viermal auf und ab. Schon allein wegen meiner Hündin Polly. Mit Ein- und Aussteigen macht das jeden Tag acht Minuten Fahrstuhl fahren. Auf einen Monat gerechnet, sind das 240 Minuten. Also vier Stunden. Horror? Nein – ich genieße das mittlerweile (wenn ich dem Fahrstuhl vertrauen würde, dann sicher

noch mehr). Denn es gibt in diesen Minuten nichts zu tun. Früher habe ich das gehasst. Heute bin ich froh. Das Handy klingelt nicht, weil kein Empfang. Man kann nichts machen. Man fährt einfach. Von A nach B. Und keiner stört einen dabei. Niemand kann sagen: „Schneller!" Fahrstuhl fahren ist keine verlorene Zeit. Sie ist gewonnen.

Seit ich alles umgekrempelt habe und mich nicht mehr so viel damit beschäftige, immer schneller zu werden, habe ich plötzlich Zeit. Ich spare sie, indem ich nicht mehr krampfhaft versuche, sie einzuholen. Wir alle verbringen so viel Zeit damit, schneller zu werden. Und verlieren damit Zeit. Die Sommermonate freizunehmen, fällt mir deshalb nicht schwer. Ich habe diese Zeit schlichtweg übrig. Und ich nutze sie so gut wie nie zuvor: auf dem Boot. Denn die Zeit, die uns aus dem Alltag abhanden kam, ist aufs Meer geflüchtet. Dort wartet sie auf den Segler. Dass gerade Langzeitsegler diese Zeit finden, sieht man ihnen an. Sie gehen langsamer und reden nicht mehr viel.

Genauso gewonnen ist die Zeit an Bord. Mir ist es egal, was auf der Logge steht. Natürlich freue ich mich, wenn ich mit gesetztem Parasail eine Welle mitnehme und die Anzeige zweistellig wird. Aber selbst dann bin ich mit rund 20 Stundenkilometer langsamer als ein Fahrrad. Und natürlich habe auch ich ab und zu Spaß daran, eine 32-Fuß-Yacht zu versägen. Aber deshalb bin ich nicht unterwegs. Ich bin unterwegs, weil ich diesen Luxus genieße. Wenn Zeit keine Rolle mehr spielt, bin ich in meinem Schlaraffenland. Meine Parameter sind Sonnenaufgang und Sonnenuntergang. Alles dazwischen ist einfach nur ein Tag. Zeit an sich ist unwichtig geworden. Sie liegt auf See überall herum. Man kann sie sich einfach nehmen, wenn man auf dem Boot ist. Ich habe dieses Jahr ganz viel davon übrig. Vor allem, weil ich dieses Jahr keinen Plan gemacht habe.

Urlaub auf dem Land.

Am nächsten Morgen wache ich sehr früh auf. Der Wind hat auf bis zu 7 Beaufort zugenommen. Lindaunis ist nicht gut gegen Schwell geschützt, und so tanzt DIGGER wie ein durchgeknallter Salsa-Lehrer. Tanzschule direkt nach Sonnenaufgang war noch nie mein Ding. Salsa schon gar nicht.

Da ich kein Wasser gebunkert hatte, muss ich bei dem Hack an den Steg, um meinen Kocher für einen Kaffee zu füllen. Beim Verlassen des Bootes sehe ich gegenüber ein Pärchen auf dem Bug seines großen Stahlschiffes stehen. Das Boot hat rückwärts in der Box geparkt und steht mit der Nase in Wind und Welle. Das Heck knallt bedenklich an den Steg. Der ziemlich betagte Skipper versucht mit allen Kräften, die Bugleinen dichter zu holen, was schier unmöglich scheint. Beim Ziehen rutscht er aus und fällt hin. Ein schreckliches Bild. Dazu noch das Geschrei seiner Frau. Ich rufe rüber, ob ich helfen soll. Aber ein unfreundliches Armwinken des Skippers zeigt mir an, dass meine Hilfe nicht gewünscht ist – warum auch immer. Wieder und wieder ziehen die beiden. Und er fällt noch einmal hin. Das alles sieht so schlimm, so hilflos, so traurig aus. Ich frage mich, wie so ein alter Skipper solch ein riesiges Ungetüm aus Stahl noch sicher bewegen will. Das ganze Spektakel dauert so lange, dass ich beschließe, nicht weiter hinzuschauen.
Später treffe ich die beiden am Steg. Mein freundliches „Moin" wird nicht erwidert. Die Laune scheint zu schlecht zu sein. Ich habe manchmal den Eindruck, dass man mit kleinen Booten von einigen Menschen nicht ernst genommen wird. Keine Ahnung, ob das so ist. Es ist aber auffällig, dass meine Hilfe häufig wenn überhaupt nur ungern angenommen wird. Das kann aber wohl auch am Alter liegen. Vielleicht können sich manche Menschen nicht eingestehen, dass sie manchmal Hilfe brauchen, weil ihnen schlicht die Motorik oder

Kraft fehlt. Vielleicht finden sie mich auch einfach nur doof, weil ich Truckercaps trage und nicht gerade das bin, was man einen traditionellen Segler nennt.

Da es immer wieder regnet und fürchterlich stürmt, beschließe ich, den Tag in Lindaunis zu bleiben. Die Regenlöcher nutze ich für kleinere Ausflüge mit Polly. Teilweise zu Fuß, teilweise mit einem der kostenlosen Leihfahrräder am Hafen. Ich kaufe Räucherfisch und im neuen Hofladen auf der anderen Seite der Brücke alles andere für ein gelungenes Abendessen. Auf dem Hinweg über die Brücke habe ich Polly noch im Rucksack. Auf dem Rückweg geht das nicht mehr, weil er nun voller Lebensmittel ist. Deshalb läuft sie neben mir am Rad. Ich fahre also los, nachdem die Ampel auf Grün geschaltet hat. Hinter mir ungeduldige Autofahrer, die dicht auffahren. Auf dem Mittelteil der Brücke wird es plötzlich für den kleinen Hund sehr gefährlich. Im Beton sind große runde Löcher, die wohl

Rock den DIGGER.

als Wasserabfluss dienen sollen. Wenn Polly dort mit ihren Beinen reinkommt, geht das nicht gut aus. Ich halte kurz auf der Brücke an, packe sie unter den Arm und fahre weiter. Binnen Sekunden bekomme ich hinter mir ein sehr aufgeregtes Hupkonzert zu hören. Und hinter der Brücke überholen mich rot gefärbte Gesichter. Einer hebt im Vorbeifahren sogar seine Faust. Na klar – mein Manöver hat sicher eine Minute gekostet. Und so bin ich schon wieder jemandem auf den Geist gegangen. Scheint am Wetter zu liegen.

Den Rest des Tages regnet es durch. Zeit, meine neueste technische Errungenschaft zu testen. Ich habe im Winter ein Autoradio eingebaut. Dort schließe ich meine Ibanez-E-Gitarre an ... und rocke stundenlang laut unter Deck, da sowieso niemand im Hafen und die Umgebung wegen des Windes eh so laut ist, dass ich keinen störe. Außer vielleicht die Quallen an meinem Schiffsrumpf. Aber die störe ich gern. Während ich Biffy-Clyro-Songs spiele, tanzt das Boot

Ankommen. Ruhe.

wild im Schwell herum. Zwangsläufig mache ich dazu Headbanging. Ganz klar: Ich brauche dringend lange Haare und eine Lichtershow an Bord. Allerdings wird's mit Zuschauern etwas eng.

Am nächsten Tag geht der Wind runter auf etwa 4 bis 5 Beaufort. Ich lege also ab und kreuze auf dem Stück zwischen Lindaunis und Arnis. Auch wenn die Schlei geschützt ist, wird es auf meinem kleinen Boot anstrengend und ruppig. Kurz vor Arnis denke ich an den Fleischerladen, den ich gestern noch beim Abendspaziergang östlich vom Hafen in Lindaunis sah. Gestern ärgerte ich mich, dass er bereits geschlossen war. Hätte dort gerne was zum Grillen gekauft. Der Laden sah so schön nach Landmetzgerei aus – so was kenne ich in der Stadt nicht.
Kurz vorm Fahrwasser nach Arnis will ich zunächst die Fock einrollen, danach das gereffte Groß runterholen. Dann aber mache ich was anderes: Ich drehe um. Gehe vor den Wind – zurück nach Lindaunis. Ich will morgen Grillfleisch kaufen. Da mir die Fahrt so zu schnell zu Ende geht, schieße ich kurz in den Wind, berge das Großsegel und laufe nur unter Fock mit 3 bis 4 Knoten Fahrt weiter. Eine Stunde später lege ich wieder auf Platz 28 in Lindaunis an. Roulettesegeln in Perfektion!

Der folgende Tag ist wieder von Schietwetter überzogen. Regen und viel Wind. Mir ist das egal. Ich bin nicht auf der Flucht und

Zurück auf Anfang.
Roulettesegeln in Perfektion.

schlafe sehr lange. Mittags gehe ich dann zum Fleischer, bei dem ich leckere marinierte Koteletts und selbst gemachte Salate kaufe. Zurück im Hafen, erstehe ich noch einen Einweggrill. Allerdings auf Pump, denn ich habe kein Kleingeld mehr. Die zwei Euro, die ich in die Kasse des Vertrauens werfen soll, bekomme ich sicher später irgendwo. Am Hafen liegt auch die neue Ausgabe des „Sejlerens" - ein kostenloser Hafenführer. Ich nehme einen mit.
An Bord lese ich, dass Kopperby neue Besitzer hat, die den in den letzten Jahren etwas heruntergewirtschafteten Hafen wieder auf Vordermann bringen wollen. Ich kenne Kopperby noch gut - meine frühere Etap 28i lag dort für einige Jahre im Sommer. Als dann noch das Wetter umschlägt und sonnig wird, lege ich ganz spontan ab - auf nach Kopperby. Satte sechs Seemeilen!

Erst beim abendlichen Grillen wird mir bewusst, dass ich den Grill noch nicht bezahlt habe. Lieber Hafenmeister - ich zahle die zwei Euro, sobald ich wieder da bin. Entschuldige. Dieses Buch schicke ich dir in jedem Fall.

Schauen Sie doch mal!

Roulettesegeln.

Segeln ist langweilig. Stundenlang sitzt man in einer Plastik- oder Holzwanne, hat eine Pinne oder ein Steuerrad in der Hand, zieht hier und da mal an einer Schnur, guckt in der Gegend rum und sitzt ansonsten einfach. Oder steht. Im Hafen angekommen, bändselt man sein Boot an einem Holzsteg fest, legt Strom und sitzt wieder. Oder liegt. Manchmal geht man an Land eine Runde spazieren oder sich die Umgebung ansehen. Dann kocht man an Bord oder sitzt - unabhängig vom Hafen - unter einem Holzdach im Gras und grillt auf den hafeneigenen Grills. Im besten Falle hat man auf einem längeren Segelurlaub immer gutes Wetter und erlebt solche Situationen 30, 60 oder 90 Tage hintereinander - immer und immer wieder. Im Prinzip ist es sogar egal, wo genau sich dieser Holzsteg befindet. Sie sehen eh fast alle gleich aus. Schön ist es auch irgendwie immer. Jedenfalls nördlich der Schlei oder östlich von Lübeck. Möwen klingen auch überall wie Möwen, und Wasser plätschert immer im selben Ton.
Natürlich ist es atemberaubend, an einer Schäre festzumachen. Dort, wo man ganz allein ist, mit sich und der Natur. Aber das gleiche Erlebnis hat man, wenn man auf der Schlei in eines der idyllischen Noore läuft und dort den Anker wirft. So geht es mir jedenfalls. Ich bin auf dem Boot, weil ich segeln will, Natur erleben möchte, runterkomme, entschleunige. Ich kann ohne Probleme tagelang einfach so dahineiern. Oder eingeweht sein. Wo, ist mir völlig Banane. Denn ich will beim Segeln ja etwas Bestimmtes finden: Zeit. Deshalb segle ich auch keine Regatten. Im Alltag muss ich viel zu oft schnell sein. Das brauche ich nicht, wenn ich auf dem Boot bin.
Ein gelungener Segelurlaub ist für mich das Zusammenspiel mehrerer Faktoren. Alle Faktoren haben eines gemeinsam: Sie sind langsam. Das werde ich auch. Nach einigen Tagen dauert selbst der Weg zum

Hafenklo oft sehr lange. Nicht weil das Klo so weit weg ist, sondern weil man so langsam geht. Ich würde behaupten, dass man als Segler 80 % seiner Zeit einfach nur sitzt und nichts zu tun hat. Herrlich. Deshalb geh ich segeln. Sitzen und genießen.
Dieses Zusammenspiel kann nur durch einen Faktor erheblich gestört werden: Zeitdruck. Und Zeitdruck bekommt man nur, wenn man plant. Darum habe ich dieses Jahr einen ganz anderen Plan, und der lautet: keinen Plan zu haben. Roulettesegeln nenne ich das. Dahin gondeln, wohin der Wind es will, wozu ich heute Lust habe, was auf dem Weg liegt. Im Idealfall weiß ich beim Ablegen noch nicht, wo ich anlege. Das ist mein Plan in diesem Jahr.

Irgendwie habe ich das Gefühl, einen sehr spaßigen und fröhlichen Segelsommer vor mir zu haben, unabhängig vom Wetter. Unabhängig von Zielen. Einfach von Tag zu Tag neu leben, neu entscheiden, manchmal auch nichts entscheiden. Ich lasse mich auf dieses Roulette voll ein. Soll doch die Kugel irgendwo hängen bleiben, mir isses egal.

Kurz vor meiner Abreise sitze ich in der YACHT-Redaktion. Dort werde ich gefragt, ob ich nicht einen Bericht über das Smålandsfahrwasser schreiben möchte. Kurzerhand verdränge ich – natürlich in erster Linie, weil ein Honorar sehr willkommen ist – meinen Rouletteplan. Ich verdiene in den Segelsommern keinerlei Geld, und so ist eine – wenn auch sehr kleine – Finanzspritze unterwegs nicht schlecht. Ich gedenke also, dieses Revier in jedem Falle mitzunehmen, dort zu fotografieren und die Ecke zu porträtieren. Das geschützte Smålandsfahrwasser ist gut zu erreichen. Sozusagen die nächste Haltestelle hinter der Dänischen Südsee, wenn man gen Osten segelt. Kein Problem. Ein „kleiner Plan" ist ja okay.

Auf Blog und Facebook gehen vor der Reise bereits die Spekulationen los. Lustig: Je besser mich die Leute kennen, desto kleiner wird der von ihnen geschätzte Radius meiner Sommerreise. Einige sind erwartungsvoll, was die Seemeilenzahl betrifft, die ich dieses Jahr zurücklegen werde. Dabei ist Meilenfressen überhaupt kein

Ziel von mir. Ich denke nicht einmal drüber nach. Meilen sind Zahlen, die bei meiner Reise keine Rolle spielen. Manchmal laufe ich Gefahr, dem Blog nachzugeben. Dort sind mittlerweile jeden Tag mehrere Tausend Leser drauf. Eine große Masse, die ich nicht kenne, die aber immer bei mir ist und von der ein großer Prozentteil mit den Hufen scharrt. Ich will standhaft bleiben, mich nicht der Erwartungshaltung meiner Leser ergeben. Auch wenn ich dadurch für viele uninteressant werde. Gerade für die, die von mir Leistung erwarten. Ich habe diesen Blog mal ins Leben gerufen, damit ich im Jahre 2012 auf jeden Fall überhaupt für längere Zeit losfahre. Als Freiberufler ist man geneigt, im Zweifel doch lieber einen tollen Job zu machen, der kurz vor der geplanten Abreise ins Haus flattert. Da ich aber im Internet und auf Facebook meine letztjährige Reise seit Herbst 2011 groß angekündigt hatte, blieb mir nichts anderes übrig, als auch wirklich loszusegeln. Sonst hätte ich ziemlich dumm dagestanden. Vor mir - und den anderen. Dieser Plan ist aufgegangen. Dass vor allem der Blog sich so rasant so weit verbreitet, war mir nicht klar. Heute freue ich mich zwar darüber. Manchmal macht mir das aber auch ein mulmiges Gefühl. Denn irgendwie bin ich nie allein. Virtuell fahren immer diese 1000 bis 4000 Leute am Tag mit. Menschen, die wissen wollen, wo ich bin, was ich mache, was ich erlebe, esse, trinke, welches Reff und so weiter. Und immer gibt es auch diese Erwartungshaltung von vielen. Ich werde aber keine Erwartungen erfüllen, sondern sehen, was mich erwartet.

Mein Vorhaben „Roulettesegeln" ist das Ergebnis des letztjährigen Törns. Im Mai mit dem ehrgeizigen Ziel Ostseeumrundung aufgebrochen, scheiterte dieses Vorhaben am Wetter. Und je mehr wir eingeweht waren, desto stärker wurde der Zeitdruck. Erst nach der Umkehr und der Aufgabe des Törnplans wurde die Reise 2012 so, wie ich mir das Segeln vorstelle: entspannt. Ohne Druck. Sicherlich werde ich auch mal wieder zu bestimmten Zielen segeln wollen, aber dieses Jahr nicht. Dieses Jahr steht Entspannung an. Zeit soll kein Faktor sein. Außer, dass ich genug habe.

Ein Haus mit ungewöhnlichem Zubehör. Kopperby.

Beim Ankommen in Kopperby merke ich noch nichts von der Erneuerung. Vielleicht liegt es daran, dass ich in eine ziemlich doofe Situation komme, und zwar noch bevor die Leinen am Steg belegt sind.

Ich laufe langsam in den Hafen ein, der Wind hat auf eine 5 aufgefrischt. Mit der Nase im Wind anlegen hat sich wegen der Windrichtung für mich erledigt. Ich werde mit Seitenwind leben müssen. Also suche ich mir eine freie Box mit einem großen Luvlieger. Das hilft bei solch einem kleinen Eimerchen wie meinem Boot schon mal ungemein. Bereits in der ersten Gasse finde ich genau, was ich suche. Ich drehe also noch eine Runde und überlege, wie ich am besten in die Box einlenke. Bei dem Drehmanöver werde ich von einer völlig durchgeknallten Möwe attackiert. Sie fliegt dicht über mir hinweg. Nach ein paar Metern gibt sie auf, und ich wundere mich nicht weiter über diesen Terrorangriff. Also rein in die Box – heute muss es schnell gehen. DIGGER mit seinen zarten 750 Kilogramm Gewicht wird bei diesen Verhältnissen schnell zur Seite geweht. Die langen Boxen machen das Manöver nicht einfach. Daher sind sämtliche Leeleinen für mich erst einmal nicht von Belang. Luv ist der Schlüssel zum unfallfreien Einparken als Einhandsegler. Ich nehme recht viel Restfahrt mit, um Vortrieb nach vorn zu bekommen, packe mir das Auge des Palsteks der Backbord-Heckleine und steuere auf die Box zu. In diesem Moment fliegt wieder eine Möwe über mich hinweg. Fluchend ducke ich mich. Sie dreht ab und kommt erneut schreiend auf mich zu. „Mann! Was ist denn? Hau ab, du Drecksviech!" Unter

Der Schein trügt.

diesem Attackenstress versuche ich, nahe an den Luvdalben an Backbord zu kommen. Wieder ein Angriff. Dazu bekommt Polly unter Deck die aggressive Möwe mit und fängt fürchterlich an zu motzen und zu bellen. Sie springt an Deck und knallt ebenfalls völlig durch. „Bin ich eigentlich nur mit Bekloppten unterwegs? Aus, Polly! Ruhe!"
Dann springe ich nach vorn zu den Wanten, die Heckleine in der Hand. Dabei fliegt die Möwe so dicht über meinen Kopf hinweg, dass ich einen Lufthauch spüre, während Polly immer lauter jault. Sie hat bereits die Haare zu einer schicken Bürste geformt. In dieser Situation - kreischender Hund, ich selbst mit abwehrendem und fuchtelndem Arm und den Angriffen eines mich brutal töten wollenden Seevogels - kurz: einer Situation, in der ich dem Teufel direkt ins Auge schaue - schaffe ich es, das Auge des Palsteks wenigstens über den alten Dalben zu werfen. Ich laufe nach vorn, greife die Sorgleine, wehre mich erneut gegen die Möwe, schreie zum x-ten Mal Polly an, dass sie bitte aufhören möge, und lege die Vorleine als Runner über die Sorgleine in Luv. Fest. Erst mal. Eigentlich ein schöner Augenblick. Nicht aber dieses Mal: Die Möwe gibt keine Ruhe. Ich merke jedoch, dass sie sich nicht näher

Kopperby.

an mich rantraut und Respekt vor meiner abwehrenden Armbewegung hat. So gehe ich zurück ins Cockpit, um die Leeleine zu belegen. In diesem Moment erklärt sich auch, warum ich hier so einen Ärger bekomme. Das mich angreifende und schreiende Flugmonster war nämlich Herr Möwe. Frau Möwe - seine Gattin - sitzt derweil in ihrem Nest. Und dieses ist auf dem Lee-Dalben gebaut worden. Na super. Nichts mit Lee heute. Ich ziehe mich nach vorn. Nur eine Heckleine geht auch mal. Ich kann mich ja hinten noch an die Sorgleine klemmen. Polly mit ihren cholerischen Terrieranfällen springt bereits wild auf dem Vorschiff herum. Ich habe die Nase voll und schmeiße sie in einem hohen Bogen auf den Steg. Fünf Kilo Hund fliegen hervorragend! Die Möwe greift noch immer an, aber ihr Sicherheitsradius wird größer und die Angriffsfrequenz kleiner.

„Hallo Kopperby - long time no see!" Ich bin froh, dass mein Anlegen wohl niemand beobachtet hat. Von außen hat das bestimmt ziemlich bescheuert ausgesehen. Mein Kopf ist immer noch hochrot, und ich schwitze wie nach einer Laufrunde. Aber jetzt, im Mai, sind nur eine Handvoll Segler unterwegs. Keine, die gern Hafenmanöver kommentieren oder gar drauf warten, dass einer Fehler macht.

Die, die jetzt schon unterwegs sind, fallen einem nicht auf. Sie sind ruhig und entspannt.

Sofort gehe ich ins Boot. Der Hunger ruft, und ich suche mir alles zusammen, was ich zu einem gelungenen Grillabend brauche. Danach klettere ich wieder ins Cockpit, um die frischen Sachen aus Lindaunis aus der Backskiste zu holen, in der die Kühlbox steht. In diesem Moment werde ich wieder angegriffen. Die Möwe scheint nicht begriffen zu haben, dass ich in friedlicher Mission unterwegs bin und mich die Eier ihres Nestes angesichts zahlreicher Köstlichkeiten vom Lande überhaupt nicht interessieren. Mein Interesse an Möweneiern ist sowieso ziemlich begrenzt. Sie jedoch fliegt erneut dicht an meinem Kopf vorbei. Zu meinem Schutz hole ich den Baum, den ich mit der Großschot bereits an den Heckkorb gebunden habe, wieder zurück in die Mitte des Cockpits. Soll sie da doch gegen fliegen. Unter Möwenattacken stehend, ergreife ich die Flucht von Bord und gehe grillen. In Ruhe.

Tatsächlich hat sich in Kopperby doch etwas getan. Viele der alten Dalben wurden bereits ersetzt und liegen nun zersägt als Sitzgelegenheit an Land. Überhaupt sieht es gepflegter aus als früher. Nachdem der Grill brennt, gehe ich ins Hafenbüro zum Bezahlen. Dort komme ich mit Marcus, dem männlichen Teil des neuen Besitzerpaares, ins Gespräch. Er und seine Frau stammen aus Hamburg, wo sie als Ärzte arbeiten. Sie sind schon seit längerer Zeit große Fans der Schleiregion, und so kam es, wie es kommen musste: Sie wollten herziehen und ein Haus kaufen. Bei der Suche nach einer geeigneten Bleibe wurden sie zunächst nicht fündig. Irgendwas störte an den angebotenen Objekten immer. Eines Abends war Marcus allein zu Hause. Nach dem „Tatort" und einer halben Flasche Rotwein klickte er sich durchs Internet und schaute nach Häusern. Dabei fand er endlich ein Haus nach seinen Vorstellungen. Auch seiner Frau gefiel es sofort. Wohl auch, weil Kopperby ein wirklich spezieller und idyllischer Ort ist. Dazu hat man vom Haus einen großartigen Blick auf die Schlei. Doch auch bei diesem Angebot war ein kleiner Pferdefuß dabei - in Form eines Hafens mit vielen Liegeplätzen.

Denn der Hafen von Kopperby gehört zum Haus, deshalb wurde auch nur beides zusammen angeboten. Dennoch wurde das Objekt besichtigt und entschieden: „Dann haben wir halt auch einen Hafen dabei." Die beiden kauften Haus, Winterlagerhalle und die dazugehörige Marina. Und nun sind sie Hafenbesitzer.

Erwärmt von dieser tollen und ungewöhnlichen Geschichte sitze ich mit Polly lange an der Pier, genieße mein Gegrilltes und träume davon, auch mal einen Hafen zu besitzen.

Der nächste Morgen endet früh. Eigentlich schon mitten in der Nacht. Um 3 Uhr werde ich wach, weil ich mich fühle, als läge ich in einer Waschtrommel. Der Wind hat auf 7 Beaufort zugenommen. Kopperby hat keinerlei Schwellschutz. Welle um Welle schlägt an das Heck von DIGGER. Der Hintern wird im Sekundentakt hochgeworfen und wieder runtergeschmissen. Das allein ist aber nicht der Grund, warum ich wach bin. Grund ist der Bug, der furchtbar laut an den Steg schlägt. Müde versuche ich erst mal, einen klaren Gedanken zu fassen. Polly ist durch das klopfende Geräusch schon wieder auf 180 und knurrt laut. Ich verlasse das Boot, um die Heckleinen dichter zu ziehen. Erst da fällt mir wieder ein, dass ich ja nur eine Leine belegt habe. Damit komme ich nicht klar, denn das Boot hat

nun keine Querstabilität mehr. Also greife ich nach einer weiteren Leine, die in der Backskiste verstaut liegt. Passenderweise fängt es nun auch noch an zu regnen. Nein, Quatsch, es schüttet wie aus Kübeln. Rasmus hat mich entdeckt. Unterhose und T-Shirt sind binnen Sekunden nass. Über den Dalben an Steuerbord brauche ich nicht gehen – dort brütet die Möwe. Also bändsel ich mich mit mehreren Heckleinen an den beiden Sorgleinen fest und ziehe das Boot nach hinten. Das Ganze dauert eine geschlagene halbe Stunde. Danach ist es halb vier, und ich bin hellwach. Zeit für den ersten Kaffee. Duschen brauche ich nicht mehr. Boot und Skipper sind klitschnass. Nur Polly im Schlafsack ist trocken. Was soll's.

Drei Tage geht das so. Es bläst und bläst. Verholen will ich nicht, weil es nicht sooo viel bringt, mit der Nase in den Wellen zu liegen. Es ist nur leiser. Die Bootsbewegungen aber sind fast die gleichen. Das kenne ich von meinem ebenfalls ungeschützten Heimatsteg. Ablegen mag ich bei dem Rodeo auch nicht. Vor allem weiß ich nicht, wohin. Andreas, ein Freund aus Schleswig, rief mich gestern an und wollte mit seinem Cornish Crabber auslaufen, sobald der Wind sich legt. Wir haben uns in Kappeln verabredet, um danach gemeinsam nach Dänemark zu segeln. Deshalb bleibe ich in Kopperby.

Ich verbringe diese Tage wieder mit Urlaub auf dem Land. Jedenfalls

Gucken, was geht.

wenn es nicht regnet. Ich gehe mit Polly spazieren, fotografiere, kaufe ein, spiele Gitarre. Sechs Tage unterwegs und noch nicht mal die Schlei verlassen. Irgendwie ist das auch erbärmlich. Irgendwie ist das aber auch toll.

Am vierten Tag bekomme ich eine Nachricht von Andreas: Auslaufen 10 Uhr. Treffen in Kappeln?

Als ich ihn um etwa 15 Uhr vorbeifahren sehe, lege ich ebenfalls ab und mache wiederum satte zwei Seemeilen mit dem Jockel bis zur Anlage des ASC. Morgen werden es null Seemeilen, denn es sind wieder 6 bis 7 Beaufort aus Ost angesagt.
Also folgt ein Hafentag in Kappeln. Diesen verbringen wir gemeinsam auf der CORNISH MAID mit einem ausgedehnten Frühstück, gemeinsamem Einkaufen und Kino. Am Kinobesuch kann ich leider nicht teilnehmen, denn Polly ist es nicht erlaubt, die „Ostsee von oben" zu sehen – Hundeverbot. Abends essen wir noch wie immer in der Bierakademie diese riesigen Portionen Spare Ribs, bevor wir in die Kojen gehen und uns für den Treffpunkt am folgenden Morgen verabreden: die 7:45-Uhr-Brücke und ab nach Dänemark.

Nachdem ich mit meiner speziellen Technik Boot und Schlafsack wärme, schlafe ich glücklich ein und freue mich auf die Ostsee.

Gucken, was kommt.

Kalte Nächte übersteht
man mit guten Ideen.

Heiztechniken auf 18 Fuß.

Es gibt Dieselheizungen, Petroleumöfen und Gasheizungen. Manche Boote haben sogar Warmwasserheizkörper im Salon. Das alles kann ich auf meinem kleinen Plastikeimerchen vergessen. Im Laufe der Zeit habe ich jedoch ein ausgeklügeltes Wärmesystem entwickelt.
Tagsüber machen mir niedrige Temperaturen an Bord nichts aus. Schließlich gibt es warme Sachen, die man anziehen kann. Nachts in langer Hose und Pulli zu schlafen, ist jedoch nichts für mich. T-Shirt und Shorts sind dann angesagt. Maximal vielleicht eine Jogginghose. Ungemütlich wird es dennoch. Bin ich abends die ganze Zeit an Bord unter Deck, ist alles halb so wild. Das Boot wird dann innen nicht richtig kalt – ich steuere offensichtlich mit Atem und Körperwärme dagegen an.
Schlimmer wird es, wenn ich erst kurz vorm Schlafengehen wieder zurück aufs Boot komme. Denn dann ist alles völlig ausgekühlt. DIGGER hat keinerlei Dämmung, Plastik speichert keine Wärme, und Holz habe ich nur wenig unter Deck. Bei 5 °C Außentemperatur wie Ende Mai 2013 ist es dann lausig kalt.
Meine ausgetüftelte Heiztechnik ist zweistufig: Die erste Stufe ist „Rüdiger", der kleine 39-Euro-Keramikheizlüfter. Der belastet mit seinen 500 Watt das Stromnetz nicht wie diese großen Teile, bei denen sofort die Sicherung rausfliegt. Dennoch gibt er schnell viel warme Luft ab. Und warme Luft im Innenraum ist erst mal das Wichtigste. Es dauert meistens nur ein paar Minuten, bis es unter Deck angenehmer wird. Nach einer Viertelstunde ist die kleine Höhle saunaartig warm. Diese Zeit nutze ich für Stufe zwei, die keinerlei Strom braucht und natürlicher Art ist: Polly. Polly hat unter Deck zwar ein Körbchen, aber das nutzt sie nur tagsüber oder wenn es warm ist. In kalten Nächten liegt sie im Schlafsack. In kalten Nächten ist der Schlafsack allerdings zu und bietet dann

nur wenig Platz für uns beide. Daher kommt es immer zu Maulereien und kleinen Missstimmungen zwischen uns, sobald Schlafenszeit ist. Polly ist jedoch nicht dumm. Sie hat gelernt, dass es von Vorteil ist, als Erste im Sack zu liegen. Und diesen Umstand habe ich mir zunutze gemacht. Wenn ich nämlich abends spät auf das kalte Boot komme, springt sie müde, aber eilig zum Schlafsack und versucht, den guten Platz für sich zu reservieren. Gnädig helfe ich ihr dabei. Damit beginnt ihre Aufgabe als Heizung. Ist der Innenraum dann nach der genannten Viertelstunde so warm, dass ich mir die Sachen vom Leib schälen kann, hat auch der Schlafsack die Terrier-Betriebstemperatur übernommen. Zu diesem Zeitpunkt kann ich also Rüdiger ausmachen, schnell in den Schlafsack rein (und die Streitigkeiten mit einer völlig genervten Hündin in Kauf nehmen), Schlafsack zu – und warm schlafen. Hält garantiert bis morgens.

Blogeintrag:
Morgen Freibier.

Es gab in Hamburg am Großneumarkt mal eine Kneipe. Vor der Tür stand ein Schild: „Morgen Freibier". Das Schild stand dort jahrelang. Freibier gab es nie, weil es ja immer auf morgen verschoben wurde.

Man nehme diese Geschichte, tausche die Begriffe Kneipe gegen Wettervorhersage und Freibier gegen besseres Wetter. Dann handelt diese Geschichte vom Mai 2013.

Gruß aus dem Tiefdruckgebiet.

Die kritische Temperatur liegt bei 10 bis 12 °C. Dann nämlich wird Polly in der Nacht zu warm, und sie schiebt sich ungeachtet der Uhrzeit oder Rücksichtnahme auf Mitschläfer vom Fußende des Schlafsacks energisch nach draußen. Nach einer Weile aber wird ihr dann zu kalt, und sie will wieder rein. Alleine kommt sie jedoch nicht in das enge Teil und hat herausgefunden, dass sie nur an meinem Hals kratzen muss, damit sich Sesam öffnet. So habe ich kurze Schlafphasen. Vielleicht eine Idee für Einhand-Weltumsegler. Einfach einen Terrier mitnehmen und das Boot bei 10 °C halten. Das erspart die Eieruhr.

Rasmus, du geile Sau.

Silbrig glänzend liegt der noch schlafende Ostseefjord vor mir. Einem Spiegel in der Sonne gleich, blendet er meine noch müden Augen. Die kleine Varianta schneidet durch die glatte Schleimündung wie ein Messer durch warme Butter, das keinerlei Widerstand erfährt. Mein Blick sucht den Horizont, der sich an diesem frühen Junimorgen in einem Farbverlauf aus Silber und Blau mit dem Wasser innig verbunden hat. Man kann nur ungefähr anhand der Möwen, die wie Seeräuber ihre morgendlichen Streifzüge ziehen, das Ende des Wassers und den Anfang des Sommerhimmels erkennen.
Die süße Hündin Polly liegt in ihrem kuscheligen Körbchen, das sich wie ein weicher Schal um den felligen Körper schmiegt.
Die ersten Fischerboote laufen tuckernd mit schäumender Bugwelle in die schillernde Ostsee und setzen dem idyllischen Morgen die maritime Krone auf. Man kann den Sommer riechen: Wie ein betörendes Parfum legt sich der Duft auf die gesamte Umgebung. „Danke, Rasmus", flüstere ich glücklich in mich hinein, die Pinne fest in der Hand. Nur noch drei Seemeilen bis auf die Ostsee. Dort warten Freiheit, Unendlichkeit und die Erfüllung meiner Sehnsüchte auf mich. In meinen ganzen Körper spüre ich jede kleine Bewegung des weichen Wassers. „Komm, kleines Boot – schieb mich in die Freiheit! Bring uns aufs Meer hinaus!"

Wenn ich an diesen Morgen meines diesjährigen ersten Ostseetörns denke, verfalle ich fast schon in einen Rosamunde-Pilcher-Stil. Um es nicht so kitschig zu beschreiben: ein scheißgeiler Morgen!

Ich bin geneigt, eine Stunde länger zu schlafen, als der Wecker an meinen Ohren zerrt. Aber eine Verabredung mit Andreas steht, und mit dem sind einmal festgemachte Zeiten nicht verhandelbar. Mit mir schon. Das ist wohl der Unterschied zwischen einem, der nie ge-

Geht doch! Danke, Rasmus.

dient hat, und einem pensionierten Marineoffizier und Kapitän zur See. Also stehe ich auf, gehe duschen und bin pünktlich wie die Marine um 7:40 Uhr an der Warteposition der Kappelner Brücke. Andreas zieht schon seine Kreise. Immer, wenn ich durch die geöffneten Brückentore laufe, ist das mit einer Tür vergleichbar, die sich öffnet. Eine Tür in eine lange und schöne Segelzeit. Ab jetzt bin ich weg. Lieber Alltag - du kannst mich mal. Ich bin erst mal raus.

Lieber Alltag - du kannst mich mal. Ich bin raus.

Dieser Morgen ist so überhaupt und ganz und gar nicht vergleichbar mit dem Abfahrtstag vor etwa einem Jahr. Damals kamen uns 4 bis 5 Windstärken aus Ost entgegen. Heute weht ein laues Lüftchen, und der norwegische Wetterbericht (yr.no), dem ich sehr traue, sagt eine 2 bis 3 aus Südwest voraus. Perfekte Bedingungen! Das bedeutet ungerefftes Dahinsegeln auf einer fast wellenlosen Ostsee. Dazu scheint die Sonne alles zu geben. Keine Wolke am Himmel. Richtig warm wird es! Der erste Sommertag in diesem Jahr. Ein besseres Timing für meine „echte" Abreise hätte es nicht geben können.

Bis nach Schleimünde motore ich, weil der Südwest wohl nur langsam in die Gänge kommt. Etwa eine Stunde nach dem Auslaufen habe ich das Schleimünder Leuchtfeuer querab, tuckere die Mole entlang und werde von der Tonne 1 in Empfang genommen. Endlich! Ich bin auf der Ostsee. Ich fühle mich wie zu Hause angekommen.

Rechtzeitig zur Begegnung mit Tonne 1 wird auch der Wind angeknipst, sodass ich fünf Minuten später keine Motorengeräusche mehr höre, weil DIGGER mit seinen neuen schwarzen Laminaten den Halbwind hochrutscht. Nach dem Segelsetzen probiere ich erst einmal verschiedene Kurse zum Wind, um den für mich schönsten herauszufinden. Halbwind also. Auf diesem nördlichen Kurs liegen Hørup Hav, Mommark oder auch Søby auf Ærø. Ich weiß noch nicht, wo ich ankomme. Es ist mir egal. Ich denke noch nicht mal drüber nach. Ich bin zurück. Ich habe Zeit. DIGGER läuft vorwärts. Alles andere zählt nicht. Alles andere ist unwichtiges Beiwerk. Dieser Morgen ist so perfekt. Ich denke an Kathleen daheim. Schade, dass die ihren ersten Segeltag im vergangenen Jahr nicht so erlebt hat. Auf diese Weise einen Törn zu beginnen ... besser kann's gar nicht sein. Sie kann mich dieses Jahr nicht begleiten. Mitte August wollen wir gemeinsam zum Attersee, weil ich ihr zu Weihnachten einen Segelkurs in der dortigen Schule meines Freundes Jan Liehmann geschenkt habe. Danach wollen wir DIGGER, den ich irgendwo liegen lassen werde, wieder gemeinsam abholen. Schade. Ich schicke ihr ein Handybild, lese Andreas' SMS („fahre nach Langballig"), und mache anschließend das Telefon aus.

Bereits weit hinter mir sehe ich die weinroten Segel der CORNISH MAID. Andreas hat Vollzeug gesetzt, dennoch kann mir der alte Gaffelsegler nicht folgen. Außer uns sieht man nur zwei Segel draußen. Zu dieser Zeit, dazu noch mitten in der Woche, ist kaum jemand unterwegs. Vor mir die Segel einer großen Yacht, die bei diesem Wind scheinbar nicht ins Laufen kommt. Nach einiger Zeit fahre ich an ihr in Lee vorbei, Polly auf dem Schoß. Den Eimer hatte ich vorhin noch im engen Fahrwasser der Schlei gesehen. Und in Erinnerung behalten, denn er fuhr nur wenige Meter von mir mit Hebel auf dem Tisch vorbei. „Danke für die nette Welle, Arschloch." Nun spreche ich leise zu mir selbst: „Tschüss, Arschloch." Wenn ich mich mit

meinem kleinen Eimerchen größeren Yachten von hinten nähere, wird es immer ganz drollig. Je näher ich komme, desto besser erkenne ich, wie der Skipper winscht und zuppelt und trimmt. Es ist fast immer das gleiche Spiel. Zu mir umdrehen, ins Segel schauen, die Winsch bedienen, wieder hochgucken, zu mir umdrehen.
Es folgen die entspanntesten Segelstunden der Menschheitsgeschichte. Mindestens. Ich sitze glücklich im Cockpit, Musik läuft leise,

Andreas und seine hübsch-altmodische CORNISH MAID.

manchmal singe ich laut mit, manchmal juchze ich einfach nur so. Ich komme mir vor wie ein Fisch, der ein halbes Jahr auf dem Strand lag und nun endlich wieder zurück im Wasser ist. Zwischendurch spiele ich mit dem Segeltrimm rum. Meine Segel sind neu, und ich möchte rausfinden, wie sich Laminatsegel verhalten, wie anders sie sich fahren.

Als ich die Flensburger Förde querab habe, steht dennoch eine Entscheidung an. Wohin? Mommark oder Hørup Hav? Ich steuere einen Kurs, der genau in der Mitte liegt, und lasse deshalb die Entscheidung jemand anderes treffen: eine Möwe (wie man sieht, bin ich Tiergattungen gegenüber nicht nachtragend). Denn während ich noch über meinen Zielhafen grübele, fliegt sie über mir weg. Nach Westen. Westen ist links, und nach Hørup Hav muss ich weiter nach links steuern. Also ist die Entscheidung gefallen. Auf nach Hørup

Polly und unser hübsch-neumodischer DIGGER.

Hav, dessen Hafen streng genommen Hørup Hav Havn heißt. Da man das V aber wie ein U spricht, hört sich das so an: „Hörup Hau Haun." Kein Wunder, dass es kaum jemand so nennt. Es gibt Tage, schöne Tage, fantastische Tage und Tage, an denen man denkt: Is' mal gut jetzt mit dem Kitsch, oder? Der Tag heute grätscht sich in die letzte Kategorie, denn exakt mit dem Überqueren der deutsch-dänischen-Grenze tauchen zwei Schweinswale am Boot auf und begleiten mich ins gelobte Land. Ich bin mir sicher, sie haben auf mich gewartet, um mich zu empfangen. Das Wetter ist sommerlich warm, der Wind bleibt beständig. Rasmus, du geile Sau! Geht doch!

In der Bucht („Hau") drehe ich DIGGER in den Wind, berge das Groß, rolle die Fock ein und jockel weiter bis in den Hafen. Erst nach dem Anlegen wird mir bewusst, dass das heute mein erster und längster Einhandtörn war. Wenn einhand immer so ist, mach ich das nur noch. Velkommen til Danmark!

Heute ist der 1. Juni. Das merkt man nicht nur am Kalender, sondern auch im Hafen. Die ersten Cobb Grills des Jahres werden aufgestellt. Dazu sehe ich die ersten Crew-T-Shirts. Die Seglerschaft ändert sich, je mehr es Richtung Hochsaison geht. Auch habe ich das Glück, einen ganz drolligen Anleger zu sehen. Geboten wird das Schauspiel von einem riesigen Segelkutter mit hohem Kajütaufbau, Besanmast, einem Anker so groß wie das Stadion von Altona 93 und einem Bugstrahlruder. Das Manöver geht eigentlich ganz gut vonstatten, wenn man mal außer Acht lässt, dass der sehr dicke Skipper fast einen der Dalben über den Haufen fährt. Schwierig wird es mit seiner Frau. Die wiegt geschätzt so viel wie mein Boot und möchte daher sehr nah an den Steg. Würde ich an ihrer Stelle auch wollen, denn große Schritte bekommt sie nicht hin. Schatzi hinten am Steuerrad hat aber bereits die Hecklleinen belegt, sodass Mausi vorn am Bug das Schiff nicht ranziehen kann. Schwitzend und fluchend steht sie nach vorn gebeugt und zieht wie nichts Gutes. Ich gehe zu ihr. „Soll ich mal mit anfassen?"

Sie ignoriert mich. Stattdessen ruft sie nach hinten zu ihrem Göttergatten: „Bist du schon fest?" Er hört es nicht, weil er im

Steuerhaus rumtüdelt und die Maschine immer noch nudelt. „MANN!" Sie wird laut. Ich gehe.
Nach einer Weile ist das Problem zunächst lauthals verbal geklärt, und er kommt nach vorn. Dann geht er wieder nach achtern, löst die Leinen. Statt dass sie nun zieht, gibt er Gas. Kleines Rucken - Boot am Steg. „Was machst du denn?"
Eine Weile später sind sie dann wunschgemäß fest. Und streiten laut. Ich frage mich bis heute, warum sie das Ganze überhaupt gemacht haben, denn sie verlassen an diesem Abend nicht einmal das Boot, sofern man vom Verlegen des Stromkabels absieht. Sie grillen

Wenn Einhandsegeln immer so ist, mach ich nix anderes mehr.

sogar auf dem Schiff. Und schleppen die ganze Zeit Sachen rum. Stühle aufs Vorschiff, einen Sonnenschirm, Grill rumtragen usw. Dazu nimmt der Skipper abends noch den Wasserschlauch und reinigt das ziemlich saubere Deck. Das dauert etwa so lange, wie mein Unterwasserschiff zu machen. Ich bin froh, so ein kleines Boot zu haben.

Am Abend gehe ich eine langsame Runde mit Polly, kaufe Grillfleisch und Salat ein, sitze lange am Steg und genieße das Leben. Nach einem kurzen Blogartikel gehe ich schlafen. Ohne zu heizen – es ist warm. Beim Eindösen fällt mir auf, dass ich bereits jetzt nicht weiß, welcher Wochentag ist. Ich bin glücklich.

Der nächste Tag ist eine Kopie des vorherigen. Rasmus hat gute Laune und macht Sommer. Der Wind hat etwas zugenommen und kommt nun aus Südost. Um 10 Uhr laufe ich ohne jegliches Vorhaben aus. Zunächst kreuze ich aus der Bucht heraus und schaue mir draußen erst mal an, wie das Boot läuft. Ich biege rechts ab, Richtung Sønderborg, das ich mit gut 5 Knoten Fahrt eine kurze Zeit später erreiche. Ich bin mir immer noch nicht im Klaren, wo ich hinwill. Eigentlich gibt es nur zwei Optionen. In die Förde oder in den Als Sund. Ich nehme den Sund. Die Flensburger Förde ist nicht mein Fall. Im Stadthafen berge ich die Segel, drehe ein paar Warteschleifen, bis die Brücke öffnet, schiebe mich zu gegebener Zeit drunter durch und rolle hinter der Brücke zunächst die Fock aus. Als ich die Zeisinge vom Groß wegbinde, um es zu setzen, kommt mir allerdings ein Gedanke: Wenn ich mit Vollzeug laufe, bin ich bestimmt in drei Stunden in der Dyvig. Das ist mir zu schnell. Also lasse ich das Groß Groß sein und dümple mit der 7 m² kleinen Fock den Sund hoch. Ich mache etwa 1,5 bis 2 Knoten Fahrt. Perfekt! Zumal neben mir mit gleicher Geschwindigkeit zwei äußerst hübsche Däninnen in Kajaks unterwegs sind. Wir unterhalten uns über den Zeitraum von zwei Stunden immer wieder. Was mir wesentlich einfacher fällt als ihnen, denn ich muss nicht paddeln. Den Rest der Zeit mache ich, was man beim Segeln im lauen Lüftchen macht – nichts. Und dieser Rest der Zeit dauert etwa drei Stunden, bis ich vom Sund in den Fjord abbiege. Hier erwartet mich etwas mehr Wind, und so komme ich dennoch erst nach fünf Stunden – Brücke Svendborg bis Dyvig – in einer meiner Lieblingsbuchten an.

Der Hafen der Dyvig ist voller, als ich das erwartet hatte. Später erklärt man mir, dass am Wochenende das Havnefest steigt und viele schon einen Platz klarmachen. Ziemlich lange suche ich eine geeignete Box. Am letzten Steg sind am Kopfende noch Plätze frei. Denkbar ungünstig für mich, denn der Wind kommt von der Seite.

Jede Box hat nur einen Heckdalben, und dazu ist der Abstand nach vorn immens groß. Ich schätze, 13 bis 15 Meter. Ich fahre also zum Luvdalben, werfe den Palstek der Heckleine drüber und ziehe erst mal dicht, bis ich ruhig am Pfahl quer vor Box hänge. Jetzt nach vorn kommen ist ein echter Akt. Kein Boot weit und breit, an dem ich mich langhangeln kann. Und Sorgleinen gibt's auch nicht. In solchen Fällen habe ich mir eine Taktik angewöhnt, nach welcher ich mich auch an diesem Abend richte: erst mal in Ruhe überlegen. Nach einigen Minuten hab ich eine waghalsige Lösung: Ich werde es mit der Wurfleine versuchen. Die kurzen Stummeldalben vorn am Steg werde ich schon irgendwann treffen. Also krame ich die schwere 50-Meter-Leine, die ich für solche Zwecke dabeihabe, aus dem Schott im Vorschiff. Diese Technik funktioniert eigentlich immer sehr gut: Man schießt die lange Leine sauber auf, teilt sie dann in der Mitte, stellt sich mit den Füßen auf die losen Enden und beginnt mit den Armen, in denen jeweils die Hälfte der Leine hängt, Richtung Wurfziel zu schlenkern. Dann wirft man beide Teile einfach los. Bei fünf Meter Entfernung treffe ich so fast immer mit maximal drei Würfen – bei den 15 Metern heute hoffe ich, dass es nicht allzu peinlich lange dauert beziehungsweise überhaupt klappt. Zumal ich von einigen Seglern, die in ihren riesigen Cockpits sitzen, belustigt beobachtet werde. Ich hasse solche Situationen! Also schieße ich die Leine auf, teile sie, stelle mich auf die Enden, schaukle, werfe – drüber! Beim ersten Mal! Ich lasse mir meine Freude nicht anmerken, ziehe mich schnell nach vorn, belege die Vorleinen, spanne die Heckleinen und gehe unter Deck, wo ich juble und die Becker-Faust mache. Meinen Stegnachbarn ist das Getränk in der Hand vor Erstaunen verdampft. Was für ein Auftritt! Yes! Angesichts dieses Jublers flippt Polly aus und bellt.

Hören Sie mal.

Rasmus, der Lilalaunebär.

Der Saugroboter.

Kathleen hat auf der Reise im vergangenen Jahr 2012 mal Folgendes gesagt:

„Ist schon toll. Da lebt man monatelang nur in einer kleinen Plastikbehausung. Ohne Möbel, ohne Küche, ohne Klo, ohne Wohnzimmer. Und trotzdem fehlt es einem an nichts. Man hat alles. Und man fühlt sich wohl und ist zufrieden damit."

Ich würde sogar noch weiter gehen: Es macht einen glücklicher, wenn man sich reduziert. Mich jedenfalls. Man freut sich über Kleinigkeiten - über Dinge, die im Alltag zu Hause als normal angesehen werden. Duschen ist was Tolles, frisch gewaschene Wäsche lässt das Herz höherschlagen, drei Gänge auf einer Flamme sind ein Erfolg, sauber machen geht schnell und macht Laune. Es sind nicht mehr Gegenstände, die einen beschäftigen, sondern die Umstände. Man hat mehr mit sich selbst zu tun und weniger Ballast um sich herum. Und man hat diese täglichen Erfolge, die man im Alltag nur mit viel Mühe erreicht. Der gelungene Pfannkuchen im Cockpit ist so einer. Etwas Mehl und Eier, dazu ein Gaskocher, und bereits kurze Zeit später hat man sich mit einem Ritterschlag in Form eines köstlichen Essens belohnt.

Früher habe ich mich anders belohnt: mit Gadgets, technischem Zeugs, mit neuen Schuhen, Lederjacken, Mobiltelefonen. Zuhause habe ich in den vergangenen Jahren immer mehr mit Firmwareupdates, Systempflege, Reparaturen und Upgrades zu tun gehabt. Irgendwas war immer. Immer funktionierte eines der zig Geräte, die mich umzingelten, nicht so, wie es sollte. Je mehr man hat, desto mehr muss man es pflegen. Ständig muss man sich um den ganzen Ramsch kümmern. Man kauft für teures Geld Dinge, die einem das Leben erleichtern sollen und merkt zeitweise nicht mal, dass sie einen dann doch nur belasten. Mehr noch: Sie rauben Lebensqualität. Eines meiner Lieblingsbeispiele ist der Saugroboter. Tolles Teil! - dachte ich mal. Man verlässt morgens die Wohnung und abends ist sie gesaugt. Aber immer hatte er was. Mal war er zwischen Stühlen eingequetscht, dann war der Beutel voll. Dann wieder ging irgendwas mit der Programmierung nicht. Oder er hat sich im Vorhang festgefressen. Und immer musste man morgens sogenannte „Leuchttürme" aufstellen, die ihm entweder den Zutritt in ein Zimmer untersagen oder ihn in bestimmte Räume rufen. Dazu musste man die Stühle auf den Tisch stellen, Vorhänge hochbinden und andere Barrieren entfernen. Dann konnte er endlich mit dem Saugen loslegen. Saugroboter sind dumm. Das Denken muss der Mensch ja doch für sie übernehmen - was mehr nervt, als man glaubt. Dass ich in all der ganzen Zeit auch selbst hätte saugen können, habe ich damals nicht gemerkt. Und dass Bewegung dem Körper besser tut als Systempflege von Geräten, auch nicht. Und heute muss ich mich auch nicht mehr um die Batterien in den „Leuchttürmen" kümmern.

Ein anderes Beispiel ist ebenfalls mobil: Vor zwei Jahren habe ich mal ein neues Fahrrad gekauft. Ein ganz schickes, modernes E-Bike. Zu diesem Fahrrad gehörte auch ein Ladegerät. Noch eines. Ich weiß nicht genau, wie viele Ladegeräte ich in meinem Leben schon hatte - es waren aber unzählige. Dieses Rad schob mich locker von A nach B. Ohne Anstrengung. Wie lange der Akku hält, hängt von der Fahrweise ab, daher musste ich immer an das Ladegerät denken. Dazu funktionierte immer mal was nicht - meistens die Steuereinheit am Lenker. Diese steuerte den Elektromotor und dessen Leistung, und gleichzeitig zeigte sie mir alle „wichtigen Daten" an. Ständig musste dieses kabellose Teil mit „der SPD gepairt" werden. Was den Körper entlastet hat, hat den Kopf belastet. Heute ist mir klar, dass es anders herum besser ist. Dinge, die das Leben erleichtern sollen, können es auch belasten.

Gemerkt habe ich das auf dem Boot. DIGGER hat mir jeden Tag aufs Neue Lektionen erteilt. Es geht auch kleiner, einfacher, simpler.

Man gewinnt dadurch Lebenszeit, -qualität und so ganz nebenbei ist man fitter und gesünder.

Bereits während der ersten Reise hatte ich mich daher dazu entschlossen, mein Leben noch weiter auszumisten. Zurück in Hamburg, habe ich zunächst mein Studio aufgelöst und begonnen, zu Hause zu arbeiten. Das Studio war meine größte tägliche Baustelle. Ständig gab es Kompabilitätsprobleme, Wackelkontakte, nicht funktionierende Mischpulte. Regelmäßig schrien die Geräte und Computer nach Updates. Und nach den Updates alle anderen auch, damit sie wieder mitmachen konnten. Von den Kosten, die das alles verschlungen hat, ganz zu schweigen.

Danach war mein Auto an der Reihe. Weg damit! Brauche ich nicht, spart Geld. Das E-Bike fiel einem Hollandrad zum Opfer. Und so befreite ich mich nach und nach von allem Überflüssigen. Mein Plan: im Herbst und Winter arbeiten und sparen, im Frühjahr und Sommer auf Langfahrt gehen. Allein von den eingesparten Autokosten kann man prima Segeltouren machen. In der Stadt fahre ich nun Fahrrad ohne Ladegerät, Bus und Bahn. Weitere Strecken mit dem Zug oder über die Mitfahrzentrale.
Ich habe durch die Reduzierung nichts verloren, sondern nur gewonnen. Allein die Zeit, die früher bei der Parkplatzsuche draufging! Diese Zeit habe ich nun für mich. Und über dieses Luxusgut schrieb ich ja bereits.

Man soll meinen, dass, wenn man in der Werbung arbeitet, man nicht auf sie hereinfällt. Ich tat es. Lange Zeit. Ich habe früher die Keynotes vom Apple CEO Steve Jobs live gesehen und am nächsten Tag versucht, auf irgendeinem Kanal möglichst schnell an das neueste Gadget zu kommen. Relikte aus dieser technischen Verliebtheit kann man noch heute bei mir an Bord beobachten: Mein Multifunktionsdisplay zeigt mir Lot, Logge, Wind, GPS-Daten und AIS an. Heute hätte ich es bei Lot und Logge belassen und mir Wollfäden in die Wanten geknüpft. Die funktionieren genauso gut und man muss sie nicht kalibrieren. Außerdem benötigte das Gerät nach Inbetriebnahme erst

einmal ein Firmwareupdate. Na prima. Und dann bekomme ich vom Händler im vergangenen Jahr noch die Nachricht, dass der Geber im Rumpf nicht mit dem GPS arbeitet und ich deshalb keine Tagesmeilen und den Krams speichern könne. Zum Glück ist mir so was inzwischen egal. Ich lasse es so. Tagesmeilen kann ich auch von Papierkarten oder iPad ablesen und mit einem analogen Stift ins Logbuch aus Papier eintragen. Früher hätte es mich wahnsinnig gemacht, wenn etwas nicht so funktioniert, wie es soll.
Ein einziger Segelsommer hat all das verändert. Mein Lebensziel ist es nicht mehr, von den Verkäufern im Apple Store oder bei Saturn wiedererkannt zu werden. Verkäufer im Apple Store und bei Saturn sind mir heute gänzlich schnuppe.

Platz ist im Kopf.

Dänen und Strecken.

Dem Wetter sei Dank! Ganze vier Tage bleibe ich in der Dyvig. Zunächst wollte ich sowieso einen Tag hierbleiben, dann war zu viel Wind für mich, dann gar kein Wind, dann Regen. Den windlosen Tag habe ich mit Polly in der Bucht zum Baden genutzt. Durch die warmen Tage hat sich dieses fast schon stehende Gewässer der geschlossenen Dyvig auf über 20 °C erwärmt. Die restlichen Tage verbringe ich mit Spaziergängen und fotografieren. Am ersten Abend parken drei kleine Boote aus dem Sauerland neben mir. Sie sind hier hochgetrailert und machen zusammen einen Törn. Ansonsten bin ich immer von riesigen Schiffen umgeben. Die Dänen haben in den letzten zehn Jahren auf dem Bootsmarkt ordentlich zugelangt, sodass selbst 30 Fuß inzwischen schon als kleines Boot gelten. Dementsprechend habe ich ständig Dänen am Boot stehen, die mein Boot zwar lustig finden, bei den ganzen Hafenaufklebern vom letzten Jahr jedoch arg skeptisch werden. „Mit ssso einem kleinen Boot?"

Auf meinem Blog und bei Facebook erreichen mich die ersten Kommentare, die etwas enttäuscht klingen. Manche haben wohl mit einer Rekordsegelei meinerseits gerechnet. Und fragen sich, warum ich so trödle. Das wird schlimmer, als ich am nächsten Tag blogge, dass ich durch den Sund nach Sønderborg zurücksegeln werde. Ich habe mich am Vortag dort mit Gordon verabredet, der mit seiner Ohlson 8:8 von Flensburg runterkommen will. Als ich also mein Ziel veröffentliche und über den schönen Wind schreibe, der heute herrscht, lese ich etwas später einen Kommentar: „Du musst doch bei dem Wind endlich mal Strecke machen." Muss ich? Wer sagt das? Machen unter 30 Seemeilen pro Tag unglücklich? Ich habe weder die Absicht noch das Verlangen, besondere Leistungen zu vollbringen. Ich mache das, wozu ich Lust habe – und heute ist mir danach, einen Freund zu treffen.

Die Strecke zurück durch den Sund dauert herrlich lange. Ich benutze bei dem Vorwindkurs wieder nur die Fock. Das ist wunderbar entspannend. Sechs Stunden ohne was zu tun. Mal laufe ich 3 Knoten, dann 1, dann wieder 4. Solange ich noch vorwärtskomme, finde ich alles wunderbar. So bin ich also einen halben Tag in der Sonne auf dem Wasser und sitze. Schaue mir die Gegend an. Völlig tote Hose heute. Kurz vor der Brücke kommt ein Segler unter Motor vorbei. Nachdem er mich passiert, höre ich aus seiner Musikanlage den Song „Tage wie diese" von den Toten Hosen. Nicht meine Musik, aber passt!

Tage wie dieser.

Während dieses schönen und sehr heißen Segeltages denke ich viel über das Segeln an sich nach. Sicherlich wird sich jeder Segler mal darüber gewundert haben, warum es so viele unentspannte Skipper gibt. Ehepaare, die sich beim Anlegen in den Haaren liegen, schreiende Crews und Leute, die sich über viel Wertloses aufregen. Vielleicht können manche Menschen auch auf dem Boot nicht aus ihrem Trott herauskommen. „Muss Strecke machen" - so eine Denke erzeugt in meinen Augen oftmals Druck. Druck aber erzeugt Spannung, und

Spannung entlädt sich früher oder später. Ich habe das Segeln vor einigen Jahren als Hobby gefunden. Oder anders gesagt: Das Segeln hat mich gefunden. Segeln bedeutet für mich, Zeit und Gedanken loszulassen. Zeit spielt keine Rolle mehr. Und die Gedanken drehen sich meist nur um das, was man im Augenblick macht. Es gibt Segeltage, da denke ich manchmal nichts. Außer Überlegungen, an welcher Leine ich wann ziehen muss, wenn das Segel nicht gut steht. Oder beim Blick in die Seekarte, wo ich die nächste Kardinaltonne passieren muss. Das war's. Der Kopf hat Urlaub und ist auf Standby geschaltet: Ich brauch dich grad nicht – kannst abschalten. In solch einem Trancezustand passiert mir Folgendes immer wieder: Ich komme im Hafen an und bemerke erst in der Boxengasse, dass die Festmacher noch in der Backskiste liegen. So auch an diesem Tag in Sønderborg. Normalerweise drehe ich dann eine Runde, um DIGGER anlegebereit zu machen. Normalerweise. Heute nicht.

Nachdem ich eine freie Box finde, merke ich, dass die Leinen nicht klar sind. Also schnell an die Backskisten und hervorkramen. Meine Heckleinen sind sehr lang, weil die Boxen meistens für große Yachten gebaut werden. Belege ich hinten, habe ich noch einen langen

Weg vor mir. Diese Box hier macht da keine Ausnahme. Die Luvleine bekomme ich - bei 3 bis 4 Windstärken von der Seite - noch schnell genug auf volle Länge belegt und treffe auch gleich den Dalben mit dem Palstek. Um die Leeseite kümmere ich mich jetzt noch nicht. Erst mal vorne fest, und dann fiere ich mich zurück. So mache ich das oft. Also springe ich schnell nach vorn, um die Sorgleine zu greifen und mich an den Steg zu ziehen. Denkste. Auf halbem Weg macht die Heckleine schlapp - sie ist für diese enorme Boxengröße zu kurz und bereits auf Spannung. Blöd gelaufen.
Normalerweise habe ich eine Vorleine parat. Diese kann man dann als sogenannten Runner über die Sorgleine legen und driftet deshalb nicht vom Winde verweht in der Box herum.
Normalerweise. Heute nicht.
Heute ist meine Birne zu langsam hochgefahren, und so liegen beide Vorleinen noch aufgeschossen im Cockpit. Nachdenkend verharre ich auf dem Laufdeck, die Sorgleine in der Hand. Beim Überlegen sehe ich bereits die ersten interessierten Crews auf ihren Booten das Hafenkino anknipsen - mit mir als Protagonisten. Dieser Film muss gut ausgehen!
Meine Überlegungen bringen mich dazu, dass es nur eine Möglichkeit gibt: schnell sein. Ich springe also ins Cockpit, hole schnell eine Leine und springe dann wieder nach vorn. Ich muss so fix sein, dass der Bug bis dahin nicht so weit abtreibt und ich die Sorgleine wieder zu greifen bekomme. Geschafft - hab sie. Ich ziehe mich also wieder nach vorn, um erneut aufzustoppen. In der Zwischenzeit habe ich dummerweise vergessen, dass die Heckleine ja zu kurz ist. Ich beginne zu schwitzen, was zur Hälfte der Anstrengung, zur anderen Hälfte der Psyche geschuldet ist. Ich bändsel zunächst die Vorleine um die Reling, einmal über die Sorgleine und dann wieder zurück zur Reling. Dann gehe ich nach hinten und ziehe mich ein Stück zurück, um die Heckleine mit einer zweiten Leine zu verlängern. Dabei merke ich, dass das Boot vorn leider doch dreht. Ich schaue zu meiner Runnerleine und sehe, dass ich sie nur stümperhaft an der Reling befestigt habe und sich der Knoten langsam auflöst. Also belege ich schnell wieder die Achterleine, springe nach vorn, greife das lose Ende und ziehe mich wieder zur Sorgleine nach Luv.

Dieses Mal mache ich einen brauchbaren Knoten. Wieder nach hinten und die Leine verlängern. Danach gehe ich ruhig nach vorn und ziehe mich an den Steg. Beim Belegen merke ich, wie mir der Schweiß mittlerweile den Rücke runter in die Hose läuft. 70 % Anspannung, 30 % Psyche.

Für das Hafenkino habe ich jedoch sogar noch einen Trumpf in der Hand: die in der Dyvig so eindrucksvoll präsentierte Wurfleinentechnik – der Heckdalben in Lee muss noch belegt werden. Damit werde ich meine Schmach wiedergutmachen! Also hole ich meine lange Lieblingswurfleine, stelle mich achtern ins Cockpit und werfe in der Gewissheit, dass ich dafür maximal drei Anläufe brauche. Ich will die Geschichte abkürzen: Es werden unzählige. Und die Peinlichkeit nimmt kein Ende. Ich bemerke überall einen stechenden, leichten Schmerz – die Blicke der anderen Segler treffen mich. Nach endlosen Versuchen darf ich das Boot endlich über Kreuz belegen. Ich bin von Schweiß durchtränkt: 100 % Psyche. Ich entscheide mich, erst eine Runde mit Polly zu gehen, bevor ich an Bord ein Anlegebier zu mir nehme. Bis dahin wird Gras über die Sache gewachsen sein. Also schnappe ich mir den kleinen Hund, trage ihn nach vorn, mache einen Ausfallschritt auf den Steg und sehe dabei eine Farbe, die mich in einen Schockzustand katapultiert: Rot. Die scheiß Box ist reserviert! Habe ich nicht gesehen. Ich muss wieder ablegen. Zehn Minuten später lege ich in einer völlig anderen Boxengasse an. Dort klappt alles, und mich kennt auch niemand mehr. Gute Sache eigentlich. Ich schwitze nicht mehr.

Hören Sie mal.

Einhand anlegen mit Digger.

Um zu bemerken, dass in den letzten Jahren Boote immer größer wurden, braucht man weder Fachmagazine noch Bootsmessen – man sieht es an den Boxen in den Häfen. Sie werden immer größer.

„Du kannst mit 85 cm Tiefgang doch in den Jollenplätze parken." Das höre ich oft, bedeutet aber nicht, dass es stimmt. Obwohl das Boot klein ist und nur einen kurzen Kiel hat, passt es nicht. Denn die Varianta ist 2,40 Meter breit. Deshalb brauche ich große Liegeplätze. Und die sind lang. Und lang ist doof. Jedenfalls beim Einparken. Vor allem einhand. Ich erkläre mal, wie das geht. Oder besser gesagt – wie ich das mache.

Zunächst ist alles so wie auf jeder Yacht. Ich suche einen Platz. Habe ich diesen gefunden, drehe ich noch eine Runde, um die Box richtig anzusteuern. Dabei gibt es drei Situationen. Und mit dem Yacht-Feeling ist es dann vorbei.

1. Nase im Wind bzw. kein Wind.
Meistens suche ich mir das Plätzchen nach der Windrichtung aus. Mit der Nase im Wind ist das Ganze nämlich einfach. Ich steuere die Box an, kupple den Motor aus, laufe mit Restfahrt ein, laufe mit einer Heckleine zum Want, werfe die lange 15-Meter-Leine, die bereits am Ende auf der Klampe am Schiff belegt ist, über den Dalben. Laufe zurück und werfe die andere Leine über den zweiten Dalben. Dann schnell nach vorn und entweder das Boot an einer Sorgleine oder einem Boot nach vorn ziehen und dort mit dem richtigen Abstand festmachen. Dann wieder nach hinten, Motor aus und die Heckleinen spannen. Oft über kreuz, vor allem bei ganz langen Boxen. Ist etwas

„DIGGER sein" heißt immer der Kleinste sein.

mehr Wind, erhöhe ich die Geschwindigkeit vor dem Auskuppeln. Ist ganz viel Wind, lasse ich den Jockel im Standgas mitschieben. Dann muss man allerdings schnell laufen.

2. *Seitenwind.*
Bei Seitenwind wird es mit dem kleinen, leichten Boot etwas haariger. Zunächst suche ich entweder eine kurze Box. Wenn es diese nicht mehr gibt, schaue ich bei den großen Plätzen nach einigermaßen hochbordigen Nachbarschiffen in Luv. Sorgleinen sind auch willkommen. Da die Varianta recht schnell auf den Wind reagiert, lasse ich die Leeseite beim Anlegen zwischen weit auseinanderstehenden Dalben völlig außer Acht. Ich belege achtern in Luv, greife mir das Nachbarboot oder die Sorgleine und ziehe mich nach vorn. Den hinteren Pfahl in Lee belege ich mit einer Wurfleine oder ich fiere mich zurück.

3. *Hintern im Wind.*
Mit Rückenwind anzulegen, ist einhand auf dem kleinen Eimerchen die unangenehmste Sache. Denn schon bei wenig Wind macht DIGGER allein unter Sprayhood ordentlich Fahrt. Dann heißt es: schnell sein. Und das ist auf dem Boot nicht einfach, denn ich habe zwar diese Fläche, die sich Laufdeck nennt - wirklich laufen aber kann man da nicht. Es ist schmal, und ich muss an den Wanten vorbei, die im Weg stehen. Entweder außen rum oder innen durchtauchen. Egal, wie: Schnell ist was anderes. Nach dem Belegen der Heckpfähle sprinte ich so fix wie möglich nach vorn und nehme entweder die Sorgleine als Bremse oder ein Boot oder bin mutig und springe einen weiten Satz an Land. Dann halte ich DIGGER am Bugkorb vom Steg weg. Haarig wird es dennoch, denn das Heck des Bootes wandert immer in eine Richtung. Und egal, in welche - da liegen immer Boote rum. Deshalb habe ich auch am Heckkorb immer Fender angeschlagen, damit mein Heck anderen Booten auf die weiche Art „Guten Tag" sagt. Das Gute an 750 Kilo Plastik ist, dass man das Boot auch mit der Hand halten kann. Nur den Bug vom Boot aus abzuhalten, vermeide ich. Das kann nämlich für die Finger recht unangenehm werden.
Wenn es von hinten richtig ordentlich weht, also bei mir so ab

4 Beaufort, lasse ich den Motor im Rückwärtsgang und Standgas mitlaufen. Das verlängert meine Sprintvorgaben erheblich.

Na also! Geht doch!

Schauen Sie mal!

Wo steckt eigentlich der Chef?

Nach meinem Rekordanleger gehe ich erst einmal in Sønderborg am Hafen etwas essen und bestelle mir ein großes und eiskaltes Carlsberg dazu. Sønderborg ist für mich ein ganz besonderer Hafen, und der muss gefeiert werden. Nicht, weil ich so moderne Marinas besonders schön finde, sondern eher wegen meiner Geschichte. Mein erster Törn führte mich vor 13 Jahren hierher. Als Mitsegler habe ich an diesem Wochenende entschieden, dass ich ab sofort segeln gehen muss. Dieses völlige Runterfahren, das Abschalten, das Vergessen hat mich nicht mehr losgelassen. Das Segeln hat mich an diesen zwei Sommertagen im Jahre 2001 gepackt. Und ich bin Sønderborg für immer dankbar. Obwohl das nicht die Art Hafen ist, die ich liebe.

Nachdem ich mir mein Fischfilet – oder besser gesagt die Panade mit etwas Fisch drin – mit Polly geteilt habe, kommt eine kurze Zeit später auch Gordon an. Wir sind beide recht platt, trinken noch ein Anlegebier und gehen schlafen.

Am nächsten Morgen legen wir gemeinsam ab. Unser Ziel ist nicht ganz klar, Gordon richtet sich nach mir. Ich nach den Gegebenheiten. Da ich Gordon aber schon oft von Mommark erzählt habe, wird dieser Hafen dann doch unser Wunschziel. Es wird einer der lausesten Tage, die je ein Mensch auf See verbracht hat. Zunächst ist kein Wind, dann kommt etwas Wind. Den nutzen wir und schießen gegenseitig Fotos von uns unter Segeln. Hat man auch selten, und von meinen neuen schwarzen Laminaten habe ich noch keine Bilder. Polly schläft unter Deck, ich höre Musik, und Gordon kocht sich auf seiner GATSBY Nudeln. Mit wenigen Knoten dümpeln wir im Trancezustand dahin. Bis der Wind ganz einschläft und wir die restlichen Seemeilen des Tages mit unseren Jockeln beenden.

Nachdem wir an den bei Einhandseglern beliebten Schwimmstegen festgemacht haben, gehen wir direkt zum Grillplatz. Gordon, Direktor eines Sylter Tophotels mit angeschlossenem Sternerestaurant, hat einen vorzüglichen Wein sowie zwei argentinische Rinderfiletsteaks dabei. Ich verspreche, mich am kommenden Morgen mit einem Kaffee aus meiner Bellman-Maschine sowie American Pancakes zu revanchieren. Wir sitzen lange dort und genießen die sommerliche Nacht. Ich merke, dass ich bereits ganz weit weg von Zuhause bin, obwohl etwa 20 Kilometer südlich bereits deutsches Festland ist. Ort und Zeit spielen aber bereits jetzt keine Rolle mehr. Weg ist weg.

<u>Mommark.</u> Hier pönt der Chef noch selbst.

Am nächsten Morgen wache ich früh auf. Ich schätze, die Möwe, die mich durch hysterisches Geschrei weckt, hat keine Uhr oder leidet unter maritimer Bettflucht. Es ist 5:30 Uhr, als ich bereits Kaffee schlürfend im Cockpit sitze. Plötzlich sehe ich jemanden mit Leiter, Farbeimer und Rolle bewaffnet zu einem der Leuchttürme gehen. Er beginnt, den alten Turm zu streichen. Ich knipse davon ein paar Bilder, stehe auf und gehe zu ihm. Seine Farbrolle ist an einer sehr langen Stange befestigt, und ich möchte gern ein Foto aus der

Nähe machen. Der Mann ist nett und entspannt, ich bin es auch, und wir kommen ins Gespräch.

Mommark hatte lange Zeit eine ungewisse Zukunft. Zunächst wurde die Fährverbindung von hier nach Fynshav verlegt, dann wurde der Hafen geschlossen. Danach übernahm ihn die Kommune Sønderborg. Aber nur kommissarisch, bis ein neuer Käufer gefunden wurde. Und der steht nun vor mir. Jan und zwei seiner Freunde, alles Unternehmer aus der Region, wollen den alten Hafen auf Vordermann bringen. Sie nennen ihn nun „Mommark Marina" und stecken viel Geld und Arbeit in das Projekt. Als mir Jan erzählt, dass sie den Charakter des Hafens erhalten wollen, atme ich auf. Es gibt schon zu viele Häfen, die durch Automaten und Edelrestaurants ihren alten Charme verloren haben. Wenn dieses Schicksal auch meinem geliebten Mommark widerfahren wäre, hätte ich es nicht ausgehalten.

Jan hat ein Unternehmen, das Zubehör für den Pferdesport vertreibt. Seit Monaten jedoch arbeitet er Tag und Nacht hier im Hafen. Es ist nicht nur ein Business für ihn – es ist eine Art Leidenschaft. Er ist mit Herz dabei. Die Mitarbeiter seines Unternehmens fragen sich daher in den vergangenen Wochen häufig: „Wo steckt eigentlich der Chef?"

Etwas später unterhalte ich mich auch mit dem Hafenmeister. Ihn kenne ich noch vom letzten Jahr. Ich freue mich sehr für ihn, dass es hier weitergeht, denn sein Job hing in der vergangenen Zeit am seidenen Faden. Ein halbes Jahr später wird er mich übrigens auf der Hanseboot besuchen. Was mich sehr freut.

Neben mir parkte gestern Abend noch ein Pärchen mit Sohn seine 26 Fuß lange Biga ein. Auch mit ihnen komme ich ins Gespräch. Die drei sind noch nicht so ostseeerfahren und wollen rund Als machen. An diesem schwachwindigen Tag wollen sie nur die fünf Seemeilen nach Fynshav zurücklegen. Gordon hat nicht so viel Zeit wie ich und will heute unbedingt ein wenig Strecke unter Maschine machen. Mir ist nicht nach fünf Stunden motoren, und so entscheide ich mich ebenfalls für Fynshav. Zusammen mit der Biga lege ich ab und sehe Gordon nach der Hafenbetonnung Kurs Ærø einschlagen.

Die halbe Strecke der fünf Seemeilen kann ich segeln. Danach ist Sense mit Wind, und ich motore zusammen mit der Kleinfamilie in den Hafen. Abends sitzen wir noch auf einen Wein an Bord der Biga. Dabei fällt uns auf, dass unsere Namen zusammen wie in einem Comic klingen: Steffi, Steffen und Stephan. Sohn Lars und Polly sehen unter Deck eine Folge „Asterix". Noch ein schöner lauer Abend. Ich denke an Kathleen, die in Hamburg ist. Wieso konnte sie auf ihrer allerersten Segeltour im vergangenen Jahr nicht so einen Sommer haben?

Lars, Polly und Asterix.

Irgendwann sitzt Lars allein am Tisch. Und die Frage nach Polly beantwortet er, indem er ins Vorschiff zeigt. Sie liegt auf dem Bett, alle Viere von sich gestreckt. Gut, dass Steffi und Steffen keine Tierhaarallergie haben.

Hören Sie mal.

Seehundschaft.

Polly habe ich an einem Wintermorgen im zarten Alter von neun Wochen bei der Züchterin abgeholt. Damals wusste ich bereits, dass sie im kommenden Sommer mit aufs Boot muss. Deshalb begann schon die Früherziehung mit maritimen Maßnahmen. Parson-Russell-Terrier sind sehr intelligente Hunde und deshalb nicht unbedingt leicht zu erziehen. Sie wurden ursprünglich

für die Jagd in Bauten eingesetzt. Im Fuchsbau müssen sie dann ihre eigenen Entscheidungen treffen, und das machen sie generell sehr gern. Es ist also viel Arbeit, ihnen beizubringen, wer im Hund-Herrchen-Verhältnis der Entscheidungsträger ist - oder sein sollte. Das Gute: Sie wissen schnell, was man von ihnen will. Zunächst beginnt man, den Hund an seinen Namen zu gewöhnen und ihn stubenrein zu bekommen. Das ist am Anfang das Wichtigste. Man muss

den Welpen am besten beim Geschäft in der Wohnung erwischen. Dann nimmt man ihn sofort hoch, schimpft laut und geht ohne zu zögern mit ihm raus. Dort wartet man dann auf die Fortsetzung des abgebrochenen Vorgangs. Das dauert manchmal lange. Ich stand teilweise eine Stunde in der Kälte - in Puschen. Macht der Hund dann Pipi oder die große Geschichte, lobt man ihn tüchtig und freut sich übertrieben doll, sodass der Hund es merkt. Bereits vom ersten Tag an habe ich bei allen Geschäften außerhalb der Wohnung immer laut und deutlich „Pipi" gesagt. Dadurch verbindet man einen Laut mit einer Handlung, und so wird es zum Kommando. Der Effekt heute: Ich kann Polly - wenn ich auf dem Boot mal merke, dass sie muss - ins Cockpit stellen und laut das P-Wort sagen, dann macht sie sofort. Beim Schreiben dieser Zeilen fällt mir übrigens auf, dass sich dieser Abschnitt nicht für Lesungen eignet. Jedenfalls nicht, wenn Polly dabei ist.

Ihre ersten Erfahrungen auf dem Boot hat sie im Frühjahr auf der Alster gemacht. Zunächst bin ich mit ihr einfach nur auf meine

Seehundeleben.

Conger-Jolle BASTA II gegangen, ohne zu segeln. Dort gab es Leckerlies, Bällchensuchen und einen übertrieben frohen Skipper, den ich für sie gespielt habe, juchzen, singen und alles, was einem zum Thema Freude einfällt, inklusive. So fand sie das Boot an sich bereits ziemlich spannend. Das habe ich so lange gemacht, bis Polly sich regelrecht aufs Boot freute. Dann kamen die ersten Paddeltouren. Auch da wurden Leckerlies verteilt, Quietschetierchen verabreicht und Freude verbreitet. Und so fuhr ich dann fort. Nach und nach wurde sie ans Segeln herangeführt. Killende Segel, extra gefahrene Patenthalsen und starke Krängung wurden bejubelt und mit Leckereien gefeiert. Und bereits nach kurzer Zeit war Polly anzumerken, dass sie es auf dem Boot aufregend und toll fand. Im folgenden Sommer kam sie dann wochenlang mit an Bord der Etap, auf der ich damals meinen letzten Revierführer-Filmdreh hatte. Dort weihte sie überwiegend Bordhund Kalle, einen schwarzen Cocker, in die Geheimnisse des Dickschiffsegelns ein. Seitdem ist Polly ein Salzbuckel, den an Bord kaum was erschüttert. Das Segeln selbst ist ihr egal, aber das Drumherum in den Häfen, ausgedehntes Schwimmen,

Dingifahren, Landgänge am Strand und Segler an Grillplätzen um ihr Essen bringen haben dazu geführt, dass sie unsere Reisen liebt. Das Pipi-Zauberwort muss ich jedoch fast nie sagen. Polly hält locker circa zehn Stunden durch. Sie schläft dann unter Deck und meldet sich nie.

Eine Rettungsweste hat sie auch. Die trägt sie unterwegs allerdings nicht, weil sie nur bei ganz ruhigen Verhältnissen im Cockpit liegt. Ich brauche die Weste eigentlich nur an Ankerplätzen. Mit Wonne springt Polly immer mit ins Wasser, und ich bekomme sie mit dem Tragegriff der Weste einfach viel besser wieder aufs Boot. Außerdem entlastet der Auftriebskörper sie erheblich. Denn mein Hund schwimmt und schwimmt und schwimmt.
Gerade als Einhandsegler bin ich froh, Polly dabeizuhaben. Das einsame Segeln führt an manchen Tagen zu einer Art Trancezustand und einer gewissen Lethargie. Diese jedoch sind spätestens vorbei, wenn man morgens von ihr geweckt wird und einem ihr Blick sagt: „Los, komm! Ein aufregender Tag voller Abenteuer wartet auf uns!" Darüber hinaus kann man toll mit ihr reden. Ja, ich rede mit ihr. Je länger ich alleine bin, desto mehr sabbel ich sie zu. Am Anfang einer Tour nur einzelne Worte, doch im Laufe der Zeit werden es ganze Schachtelsätze. Und wenn ich unterwegs was auf die Mütze bekomme, muss sie meine Flüche aushalten. Je mehr Hack – desto böser wird mein Rufen. Und je böser, desto öfter guckt sie raus zu mir. Und, man mag es nicht glauben, – sie beruhigt mich in solchen Situationen sehr. Hunde sprechen. Nicht, indem sie mit der Schnauze Laute erzeugen, sondern durch Bewegungen, Blicke und auch ihre Mimik. Wer mit Hunden lebt, wird mir recht geben. Ich bin allerdings sehr froh, dass Polly nicht wirklich reden kann, denn das wäre eine Katastrophe.

Schauen Sie mal.

Die alten Männer von Fynshav.

Die Sonne weckt mich. Fast jeden Morgen. Zumindest dann, wenn ich vergesse, das Vorluk abzudecken. Ich liege mit dem Kopf genau darunter, und morgens nach Sonnenaufgang wird es hier - und nur hier! - so hell wie unter einem 100-Watt-Strahler. Man fühlt sich dann immer wie in diesen Filmszenen, in denen der Verunfallte im OP aufwacht und ihn das Krankenhauspersonal anstarrt. Ich vergesse das abends oft und ärgere mich dann morgens darüber. In Fynshav nicht. Hier habe ich das Abdecken absichtlich vergessen. Ich möchte früh aufstehen. Maritime Bettflucht.
Vier Tage liege ich hier. Teilweise ist mir zu viel Wind und Welle, um über den kleinen Belt zu segeln. Und dann muss ich noch ein Versprechen einlösen, denn ich hatte meinem Mitbewohner und Freund Christian zugesagt, ihm von unterwegs für sein neues Album ein Musikvideo zu schneiden. Das Stockmaterial habe ich auf einer Festplatte mit: ein ziemlich spackiger, halb nackter Tänzer, den man für wenig Geld von einer Imagebank kaufen konnte. Hier in Fynshav gibt es einen Aufenthaltsraum mit WLAN. Und man ist ungestört. Daher mache ich das Video hier fertig. Drüben in der Südsee wird das schwieriger.
Das auf einem Hang gelegene Hafengebäude ist stets als Erstes in meinem Blickfeld, nachdem ich morgens durch den Niedergang nach draußen blicke. Hinter der Holzverkleidung der Veranda sieht man bereits zu dieser frühen Stunde immer ein paar Köpfe. Es sind die alten Männer von Fynshav. Sie sitzen dort jeden Morgen. Immer dieselben Männer. Manche in Arbeitskleidung, obwohl sie offensichtlich nicht mehr arbeiten.
Meinen ersten Kaffee nehme ich gewöhnlich im Cockpit. In Fynshav nicht. Ich nehme das Kaffeepulver, eine Tasse, den Hund und gehe

nach oben. Dort koche ich in der Küche das Wasser, brühe den Kaffee auf und setze mich dann raus zu den Männern. Nach vier Tagen kennen und grüßen sie mich. Wortlos. Keiner spricht mit mir. Überhaupt spricht keiner von ihnen eigentlich was. Sie sitzen einfach nur da. Ich schätze, sie wundern sich manchmal auch über den komischen Tänzer auf meinem PC-Monitor.

Alle da.
Der Tag kann kommen.

Der Erste hockt dort um halb sechs, die anderen kommen dann nach und nach. Um 9 Uhr sind sie alle da. Im Aufenthaltsraum steht ihr eigener Kühlschrank mit Vorhängeschloss. Jeder geht an diesen Kühlschrank und holt sich ein Bier. Damit setzen sie sich raus. Und machen nichts. Sie schauen aufs Wasser. Beobachten die Fähren, die wie im Takt eines Metronoms pünktlich an- und ablegen. Sie schauen jeden Tag auf das immer gleiche Szenario. Sitzen einfach da, starren aufs Wasser. Alle zehn Minuten brummt mal einer von ihnen ein Wort, das ich nicht verstehe. Dann nicken alle, machen dazu ein grummelndes Geräusch, nehmen einen kleinen Schluck Bier und starren erneut aufs Wasser. Der einzige Externe, der bei ihnen eine Chance hat, ist Polly. Am zweiten Tag sitzt sie bereits bei einem der Männer, der einen so typisch dänischen Elektrorollstuhl fährt, auf dem Schoß. Polly mag die Männer sichtlich. Wahrscheinlich, weil sie so eine absolute Ruhe und Ausgeglichenheit ausstrahlen. Mancher würde denken, es seien alte Trinker. Sie saufen aber nicht – höchstens ein bis zwei Bier. Das war's. Bis sich gegen Mittag die ganze Runde auflöst und den Hafen verlässt. So geht das tagein, tagaus. Als ich mit dem Film fertig bin, kommen noch zwei Starkwindtage hinterher. Eine Gewitterfront bringt in Spitzen über 50 Knoten Wind, und so bleibe ich weiter in Fynshav. Es könnte schlimmer sein. Der Hafen ist das, was ich so an Dänemark liebe. Keine moderne Marina, sondern ein ehrlicher kleiner Hafen, bei dem sich im Laufe der Zeit die Sportboote und Angler zu den Fischern gesellt haben. So habe ich Süddänemark früher kennengelernt, und so mag ich das. Ein Hafenmeister, ein Polettenautomat, in dem man für ein paar Kröten Duschmünzen kauft, ein Aufenthaltsraum. Sonst keine Automaten, Guthabenkarten und Edelrestaurants. Und ein echter Hafenmeister. Der ist zwar nicht immer da, aber dann wirft man das Geld in einem Umschlag in einen Briefschlitz in die Kasse des Vertrauens. An diesen Tagen bemerke ich, wie schön es ist, sich für diese Orte Zeit zu nehmen. Ich sehe viel von allem, und wenn man Zeit hat, sieht man vor allem die kleinen Details. Wäre ich abends angekommen und am nächsten Morgen gleich wieder losgefahren, würde ich viel weniger mitbekommen.

Am vorletzten Tag in Fynshav habe ich großes Glück: Ich kann im Hafen einen Fischer oder Angler überreden, mir eine frisch gefangene

Scholle zu verkaufen. Was für ein Prachtexemplar! Ich freue mich den ganzen Tag darauf, sie zu braten. Abends ist es dann so weit. Nachdem ich die bereits ausgenommene und geköpfte Flunder aus der Kühlbox in einer Plastiktüre ins Cockpit lege, klettere ich ins Boot, um Kocher und Zutaten aus der Kiste zu kramen. Während ich in den Tiefen der großen Box herumwühle, höre ich plötzlich ein Platschen, gefolgt von hektischem Kratzen auf GFK. Als ich meinen Kopf aus dem Boot halte, ahne ich bereits Schlimmes: Polly hat versucht, die Scholle aus der Tüte zu holen, und dabei Tüte und Scholle über Bord geschoben. Ich sehe den kopflosen Plattfisch ein paar Meter weiter im Hafenbecken treiben. Das war's mit fangfrischer Scholle. Und ich könnte sowohl Polly als auch mich selbst erwürgen.
Nachdem die Starkwindtage vorüber sind, lege ich an einem warmen und sonnigen Morgen um 7 Uhr ab. Mein Ziel ist nicht klar. Auf jeden Fall will ich den kleinen Belt queren. Da der an dieser Stelle zwischen Als und Lyø recht schmal ist, stören mich die wenigen 3 bis 4 Knoten Wind überhaupt nicht. Bis zum Anbruch der Dunkelheit werde ich schon irgendwo ankommen. Ich fahre in den Vorhafen, setze

das Groß, rolle die Fock aus und steuere einen Kurs, der mich nördlich von Lyø ins Fahrwasser bringen soll. Mein Plan, bei so wenig Wind ganz gemütlich rüberzuschippern, ist allerdings bereits hinter der Mole Geschichte. Denn es ist alles andere als gemütlich. Durch die vergangenen Tage schwappt die Ostsee immer noch wie eine Zinkwanne, die man ordentlich durchgeschüttelt hat. Druck im Segel habe ich kaum, sodass ich von links nach rechts und wieder zurück geworfen werde. Was für eine Ochsentour! Zusätzlich zum Schaukeln kommt noch ein knarzendes Geräusch hinzu. Jede seitliche Bootsbewegung wird mit einem nervtötenden „Krrrrrrrrrrrk" quittiert. Da es mit der Bewegung des ständig schlagenden Baumes zusammenhängt, glaube ich, dass es der Lümmelbeschlag ist, der ein wenig Fett braucht. Als dann auch noch wegen völliger Flaute der Vortrieb fehlt, wird es immer schlimmer. So werfe ich den Außenborder an und fahre erst mal langsam weiter. Eine Hand an der Pinne, die andere hält den Baum auf einer Seite. Und dazwischen schlägt das Boot hin und her. Ich entscheide, unter Maschine keinen direkten Kurs zu fahren, sondern die seitlich anrollenden Wellen abzukreuzen. Nach

<u>Und für die Hafentage:</u>
Seekarten, auf deren Rückseite Kreuzworträtsel gedruckt sind.

drei nervtötenden Stunden erreiche ich die etwas geschützte Enge zwischen Lyø und Fyn, und es wird deutlich ruhiger. Ja, es kommt sogar Wind auf, sodass ich endlich wieder segeln kann. Langsam – aber immerhin. Auf dem Belt hatte ich mich entschieden, nach Lyø zu motoren. Da ich den Hafen aber bereits sehen kann, segle ich einfach dran vorbei. Es kommt eh alle paar Seemeilen ein Hafen, und ich will den Tag noch auskosten. Also mach ich mir erst mal eine Scheibe Brot und einen Kaffee, schalte den kleinen Weltempfänger mit einem deutschen Sender ein und beobachte bei unter einem Knoten Fahrt die Hafeneinfahrt aus der Entfernung. Mein Fuß liegt auf der Pinne, und ich genieße das Leben. Bis auf ein Fischerboot ist niemand unterwegs.

Irgendwann höre ich den Wetterbericht, und der sagt für den nächsten Tag nichts Gutes. Also entscheide ich, nach Fåborg zu segeln. Denn wenn es wieder ein paar Tage schlecht bleibt, habe ich dort wenigstens alles, was ich brauche.

Am frühen Abend laufe ich im Yachthafen ein, gehe sofort Grillsachen einkaufen und sitze wieder lange mit Polly an der nagelneuen Hafenanlage. Dort liegt ein etwas größeres Charterboot mit 6 bis 8 Leuten drauf. Die Stimmung an Bord ist gut, man könnte sie allerdings auch am Ballermann auf Malle vermuten. Lauter Eurotrash-Pop ertönt aus den Boxen, es wird gejuchzt und gelacht. Irgendwie ganz schön, andererseits würde ich jetzt gerade lieber bei „meinen" alten Männern in Fynshav sitzen. In deren Welt fühle mich wohler.

Der Wetterbericht hatte gelogen. Am nächsten Morgen werde ich von einem wundervollen Sommermorgen empfangen. In kurzer Hose und T-Shirt frühstücke ich im Cockpit. Da ich voll verproviantiert bin, muss ich gar nicht mehr nach Fåborg rein, sondern lege nach einer Dusche ab. Ziel wieder unbekannt. Einfach rein in die Dänische Südsee. Der Wind aus südlicher Richtung mit 2 bis 3 Beaufort ist dafür perfekt.

Dennoch habe ich mittlerweile Bedenken, was den Sommer angeht. Es ist für diese Jahreszeit viel zu kalt, dazu regnet es ständig, und im Durchschnitt hat dieser Frühsommer sehr viel Wind.

Blogeintrag:
Produktideen.

Der Sommer ist da. Das erkennt man am Kalender, aber auch daran, dass es kalt und stürmisch ist. Vorletzte Nacht um 10 Grad und letzte Nacht kalt und 30 Knoten Wind im Hafenbecken. Heute Morgen fand ich das erste Laub an Deck, und ich erwarte bald den Duft von Zimt und Pfeffernüssen. Wenn man die Starkwindwarnungen der letzten Wochen des DWD summiert, kommt man zum Schluss: Es heißt gar nicht „Global Warming", sondern „Global Warning".
Ich habe daher ein paar Produktideen entwickelt, die auf Segelyachten bei Kälte, eingewehten Tagen und überhaupt sicher sehr willlkommen sind:

01. Daunensegel
02. Fleecedeck
03. Glühweinhalter für den Heckkorb
04. Gefütterte T-Shirts
05. Seekarten, auf deren Rückseite Kreuzworträtsel gedruckt sind (für die Hafentage)
06. Fallen aus weicher Watte
07. Beheizte Liegeplätze
08. Grünkohlfestes Gelcoat
09. Keksdosen unter den Backskistendeckeln
10. Schlafmittelspender in der Vorschiffskoje

Hören Sie mal.

Rechts. Links. Vor. Zurück.

Direkt hinter der Hafenausfahrt setze ich die Segel. Durch den schönen Wind bin ich schnell am Ausgang der Bucht. Der einfachste Kurs wäre nun, unterhalb der Küste Fyns weiterzufahren. Perfekter Halbwind. Ich aber entscheide mich anders. Es sind heute keinerlei Wellen auf dem Wasser, und so habe ich große Lust, mal mit den neuen Segeln zu kreuzen. Also fahre ich durchs Fahrwasser erst einmal Richtung Søby auf Ærø. Eine Wende nach der anderen. Und ich mache bei Kursen zum Wind um 30 Grad immer noch 4 Knoten Fahrt. Was für ein unfassbar geiles Amwindsegeln das ist. Ich erkenne DIGGER nicht wieder. Da ich im Winterlager den Kiel, der etwa fünf Grad schräg untergebolzt war, nun gerade unterm Schiff hängen habe, gibt es auch kaum einen Unterschied, auf welchem Bug ich fahre. Das war letztes Jahr noch anders. Glücklich kreuze ich an der Spitze Avernakøs vorbei. Und mit den Laminaten bin recht schnell vor Søby. Wohin jetzt? Ich schaue auf die Seekarte. Noch

Großes Glück im kleinen: Espresso mit Milchschaum.

während ich Häfen suche, habe ich eine andere Idee. Vorwindsegeln hätte jetzt was. Also drehe ich wieder um. Fahre praktisch die gleiche Strecke zurück. Hinter dem Fahrwasser zwischen Dyreborg und der Insel Bjornø biege ich „rechts" ab und laufe mit halbem Wind schnell die Küste entlang. Als ich schließlich die kleine Halbinsel Svelmø querab habe, schläft der Wind völlig ein. Ich stehe. Nichts tut sich mehr. Nach einem erneuten Blick auf die Karte sehe ich den Hafen von Fjellebroen, der sich ganz in der Nähe versteckt. Und so starte ich die Maschine und tuckere langsam durch das etwas kniffelige Fahrwasser mit den versetzten Tonnen in den Hafen, in dem ich noch niemals war.

Kurz nach dem Anlegen freue ich mich, dass es so gekommen ist. Nach der einen Nacht in der modernen Marina bin ich nun wieder scheinbar in „meinem" Dänemark angekommen. Fjellebroen ist ein kleiner, verschlafener Hafen, in dem man kaum Deutsche findet. Festlieger, ein paar Jollen, einige Fischerbote - das war's. Ein niedliches Hafengebäude rundet das Bild ab. Da ich im Hafenführer Sejlerens von einem Wanderweg lese, will ich den mit Polly besuchen gehen. Vorher aber mache ich mir noch einen Kaffee auf meiner Espressomaschine. Mit Milchschaum! Glücklich über diesen außergewöhnlich schönen Segeltag und über den hyggeligen Hafen sitze ich schwitzend im heißen Cockpit.
Gerade, als ich das Boot verlasse, merke ich, wie der Wind zurückkommt. Zunächst freue ich mich nur drüber, weil es nun nicht mehr so heiß ist. Nach etwa 20 Minuten Spaziergang jedoch - der Wind ist immer noch da - komme ich ins Grübeln. Ich habe an diesem Tag vom Segeln irgendwie noch nicht genug. „Okay", sage ich zu mir, „wenn der Wind in einer halben Stunde immer noch da ist, lege ich wieder ab."

Eine Stunde später: Der weit über 30 Fuß große Eimer hinter mir wird kleiner. Eben war er noch vor mir. Bei diesen Bedingungen ist DIGGER schnell. Sehr schnell. Ich sitze auf der Ducht, steuere mit zwei Fingern die Pinne. Es war genau richtig, noch mal abzulegen, denn besser kann Segeln nicht sein. Der Wind dreht immer östlicher,

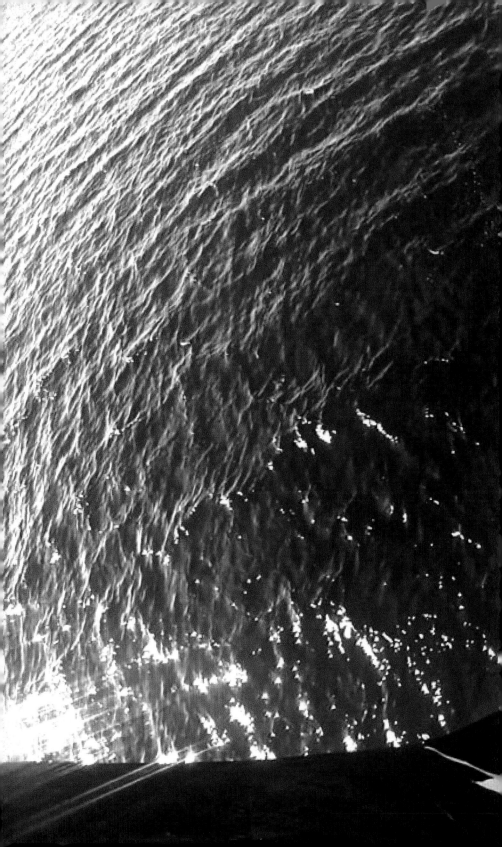

und ich muss die Segel immer dichter holen. Ein Anlieger wie im Paradies. Keine Welle, Sonne, Wind. „Genau deshalb mache ich das - genau so muss es sein!" Laut schreie ich meine Freude heraus. Aus den Boxen höre ich „Kings of Convenience" - es ist wieder mal so perfekt, wieder mal an der Kitschgrenze.
Dieser eine Tag - dafür lohnt sich ein ganzes Jahr. Alles um mich herum ist egal. Es ist egal, wie alt ich bin, was ich mache, wie ich heiße, woher ich komme, welcher Tag ist, wann ich wieder zu Hause sein muss. Das Hier und Jetzt - das reicht. Mehr braucht man nicht. Wer jemals am Sinn des Lebens gezweifelt hat: Hier ist er. Dieser Tag.

Stunden später schwebt die Brücke des Svendborgsundes über mich hinweg. Da ich etwa 3 bis 4 Knoten Gegenstrom habe, lege ich in Svendborg im Stadthafen an. Eigentlich ist Trænse eher mein Fall, aber ich war länger nicht hier und will das mal wieder ausprobieren. Außerdem soll morgen das Wetter nun doch schlecht werden, und da bietet Svendborg mehr. Und ich muss dringend pinkeln. Aber wenn überall um mich herum Boote sind, mache ich an Bord nicht in meinen Eimer. Denn dann kann mich jeder sehen. Erst recht in dem engen Sund.

Da ich hier erst ziemlich spät am Abend ankomme, ist der ausgelegte Schwimmsteg bereits voll. Mich an die Kaimauer direkt an der Straße zu legen, kann ich vergessen - die Boxen sind einfach viel zu groß und alle Plätze frei. Sorgleinen gibt es auch keine. Bei der Strömung wäre das für mich kein Spaß, und ich würde quer durch den Hafen treiben. Also fahre ich in den hinteren Teil. Dort stehen die Heckdalben zwar immer noch sehr weit weg, aber wenigstens gibt es dort überall Festlieger, an denen ich mich entlanghangeln kann, um nach vorn zu kommen. Das folgende Manöver beschreibe ich besser nicht - es wäre mir peinlich. Es dauert lange, kostet zwei Fingernägel und mehrere Liter Schweiß. Als ich endlich fest bin, merke ich, dass die Mauer so hoch ist, dass ich wie ein Freeclimber an dem Gemäuer kralle. Mit Hund auf dem Arm ein drolliges Bild - für die anderen. Ein Däne, der hier festliegt, betrachtet alles lachend, kommt danach zu mir, klopft mir auf die Schulter und sagt: „Alle Achtung, das hassst Du ssehr gut gemacht." Danke! Das baut mich gerade auf.

Der erste Weg führt um die Ecke zum Toilettenhäuschen. Ich muss dort ziemlich dringend hin, denn der Kaffee vom Tage treibt immer stärker. Das Haus ist jedoch zu, und die Zettel an der Tür weisen mich darauf hin, dass es nun ein neues, schönes Sanitärhaus gibt. Dazu muss ich jedoch erst einmal um den gesamten Hafen laufen, was in meinem „Zustand" nicht einfach ist. Den Weg muss ich aber eh machen, denn in Svendborg sind Hafenautomaten installiert, an denen man Aufkleber und Plastikkarten kaufen muss. Ins Klo kommt man auch nur mit solch einer Guthabenkarte. Insgesamt bezahle ich über 200 Kronen, das sind annähernd 30 Euro. Einen Teil gibt's zurück, weil die Karte auch Pfand kostet. Dennoch finde ich das für mein kleines 5,75 Meter kurzes Boot viel zu teuer. Ich brauche auch keine Sanitärgebäude, die aussehen wie in einem fünf Jahre alten „Schöner Wohnen"-Magazin. Vor allem nicht, wenn eine zeitlich normale Dusche etwa zwei Euro kosten. Zurück am Boot, will ich zunächst Strom legen, brauche aber auch dafür wieder diese Karte. Denn natürlich kostet Strom ebenfalls extra. Um ehrlich zu sein, kotzt mich diese ganze Nummer ziemlich an. Diese „wir machen jetzt auf edel und teuer"-Geschichte passt irgendwie nicht zu Dänemark. Und macht es auch nicht einfacher. Außerdem ist es unfair den kleinen Booten gegenüber. Denn ich zahle hier so viel wie die Chartercrew gegenüber mit ihren 35 Fuß und sechs Leuten an Bord.

Auch das „kostenlose WLAN im Hafen" funktioniert nur, wenn man direkt am Hafengebäude liegt. Trotz der hohen Preise reichte es wohl nicht zur Anschaffung einer Antenne.
Völlig absurd wird es, als ich mir fürs Kochen Wasser in meinen 5-Liter-Kanister füllen will. Wasser kostet auch Geld und wird nur in 100-Liter-Einheiten verkauft. Das sind 20 Kanister! Was soll ich damit? Ich habe keine Lust mehr, bin genervt und gehe, um meine Laune zu heben, zu Bendixens Fiskehandel direkt am Hafen. Den Laden habe ich noch in sehr guter Erinnerung. Erleichtert stelle ich fest: Hier hat sich nichts geändert. Ein köstliches Stjærneskud

Svendborg.

belohnt mich. Und während ich mit einem Buch bei Fisch und Bier am Hafen sitze, ist meine Laune schnell wieder ganz oben. Ich lese nicht, sondern denke noch mal über den Tag nach. Schnell komme ich zu dem Schluss: Da kann mir Svendborg ziemlich egal sein.

Am nächsten Morgen gibt es erst einmal keinen Kaffee, denn ich habe kein Wasser mehr. Ich schnappe eine leere Wasserflasche, latsche wieder um den Hafen herum und stelle im Duschraum fest, dass die Wasserhähne so flach sind, dass man nicht einmal eine kleine Flasche, geschweige denn einen Kanister füllen kann. Irgendwie kommt mir das vor, als wenn man gezwungen werden soll, 100 Liter Wasser zu kaufen, auch wenn man nur einen Liter braucht. Ein freundlicher Däne zeigt mir allerdings den Raum mit den Waschmaschinen und der Spüle. Ein Relikt vergangener Tage, als Svendborg noch etwas schreddeliger, aber charmant war. Dort sind die Wasserhähne noch hoch, und so kann ich wenigstens die Literflasche füllen, um Kaffee zu machen. Als ich auf dem Boot sitze, beginnt mein Liegeplatznachbar, sein Boot zu waschen. Auf meine Frage schenkt er mir fünf Liter dieser kostbaren Flüssigkeit. Der Kanister ist also wieder voll. Ich hätte nicht gedacht, dass es mitten in Europa so schwer sein kann, an Wasser zu kommen.

Dann gelingt es mir auch endlich, das WLAN-Netz am Hafen abzufischen. Der Wetterbericht klingt alles andere als erfreulich: Heute und morgen sind Gewitter angesagt mit teilweise sehr heftigen Böen. Gordon, der oben in Fyn gelandet ist, schickt mir ein Video. Ihn hat es morgens ziemlich erwischt. Er ist in eine Front gerauscht, und sein Video zeigt, wie er vor Top und Takel ordentlich Fahrt macht, während es wie aus Kübeln schüttet. Ich beschließe, diesen Tag hierzubleiben. Allerdings nicht hier hinten in der letzten Ecke. Als auf der anderen Seite ein paar Boote rausfahren, lege ich mich vorne direkt an den ersten Platz des Schwimmsteges. Den Tag verbringe ich wegen der vielen Gewitter mit Lesen, Schlafen und Surfen im Internet vorwiegend unter Deck. Allerdings ist das Duschen auch noch eine Erzählung wert.

Ich kenne das nur so, dass die Automaten während des Duschens die Restzeit anzeigen. Sie buchen die meist zwei Kronen pro Einheit ab, dann läuft ein Sekundenzeiger. Man kann die Karte dann rausnehmen

und das Wasser läuft bis zum Ablauf der Uhr. Nicht hier in Svendborg. Zwar wird die Restzeit angezeigt (man muss nur immer wieder den Vorhang aufziehen und nachsehen), nimmt man die Karte aber dann raus, ist mit dem Wasser auch Sense. Und zwar unmittelbar. Hut ab - geiler Trick. So macht man Geld.
Auf diese Weise verbringe ich den ersten ungewollten Tag im Hafen. Aber bei angesagtem Gewitter gehe ich nicht raus. Dann lieber unter Deck nichts mit dem Ganzen zu tun haben.

In den Regenlöchern versuche ich, die Ursache des Knarzgeräusches herauszufinden. Ich montiere den Baum ab und fette den Lümmelbeschlag sowie die den Bolzen des Kickers. Es hilft jedoch nichts. Es knarzt weiter. Und zwar immer dann, wenn ich die Großschot durchsetze. Ein wenig Sorgen macht mir das schon.
Viel schlimmer ist allerdings etwas anderes: Mein externer Benzintank ist undicht. Am Schwimmer, der eigentlich den Füllstand anzeigen soll. Das macht er aber nicht, stattdessen suppt bei viel Hack immer etwas Benzin raus. Kein beruhigendes Gefühl, zumal direkt neben dem Tank die 12-V-Kühlbox steht. Und deren Stecker ist auch nicht unbedingt vertrauenswürdig und wird zudem oft sehr heiß. Mit einer ganzen Ladung Gaffertape bekomme ich das Leck jedoch zu. Sehr froh darüber, hebe ich den Tank wieder zurück an seinen Platz. Dabei reißt der Tragegriff ab, und der Tank klatscht mit voller Wucht in die Kiste. Dieses blöde Teil wird langsam zur ernsten Gefahr. Mit einem Spanngurt fixiere ich das Problem erst mal. Aber ganz wohl ist mir dabei nicht.

Die Nacht wird nicht besser. Dafür kann der Hafen nichts. Das liegt eher daran, dass in Dänemark nun das Schuljahr zu Ende ist und die Abgänger feiern. Und zwar richtig.

Hören Sie mal.   *Schauen Sie mal.*

Schreddelig-schön:
mein Dänemark.

Wie betrunkene Jugendliche einen Törnplan beeinflussen können.

Nächtliches Gekreische und sehr lautes Juchzen von Mädels kann durchaus etwas Schönes sein – wenn man selbst der Grund für dieses Juchzen ist. Wenn man allerdings schläft und irgendwo in der Nachbarschaft dieses Gekreische zu hören ist, nervt es und raubt den Schlaf. Das zusätzliche Gegröle von jungen, vom Alkohol entfesselten Männern gibt dem Geräuschpegel noch eine ganz andere Qualität. Springen diese jungen Menschen darüber hinaus in hoher Frequenz mit Arschbomben ins Wasser, kommt der dB-Wert mit dem der Einflugschneise in Hamburg-Fuhlsbüttel nicht mehr mit. Nun hängt natürlich der Störfaktor immer von der Entfernung des Gestörten zur Geräuschquelle ab. In dem nun folgenden Fall könnte man nicht näher dran sein.

Es ist 2 Uhr in der Nacht, als ich von einem lauten Geräusch wach werde: KABUSCH! Und noch einmal: KABUSCHDA. Gefolgt von Mädchengeschrei. Und Jungs grölen gleich hinterher. Polly springt wie durchgedreht aus dem Schlafsack – ich schrecke hoch. KABUSCH, (Kreisch!!!) KABUSCH (Aaaaaaahhhhhh), KABUSCH. Das kleine Boot tanzt dazu auf einem plötzlich einsetzenden Schwell. Aus einer Phase des Tiefschlafs kommend, weiß ich zunächst gar nicht, was los ist – ich denke im ersten Moment, ich bin auf See. Bin ich aber nicht. Ich liege hier immer noch in Svendborg im Stadthafen. Und das ist traditionell der Treffpunkt der Jugend. Blöderweise auch in dieser Nacht.
Kurz bevor in Dänemark die Segelsaison ihren Höhepunkt erlangt, sieht man in den Städten häufig viele junge Menschen mit weißen

Mützen herumlaufen. Sie sind das untrügliche Zeichen, dass sie ihren Abschluss geschafft haben und dieses auch auf typisch dänische Art sehr ausgelassen feiern. Auch heute wieder. Ich sah die weißen Mützen bereits tagsüber und freute mich noch für die Jungs und Mädels. Jetzt aber ist Freude ein Gefühl, das ganz schön weit von mir entfernt ist. Ich schätze, so 20 bis 30 Schulabgänger finden sich in dieser Nacht am Hafen ein. Sie scheinen vorher irgendwo gefeiert zu haben. Diese Vermutung habe ich, weil sie bereits allesamt voll wie die Wannen sind. In diesem Zustand machen sie eine Art Arschbombenwettbewerb im Hafen. Und da ich das erste Boot bin, das innen am Steg liegt und wegen der Brücke noch etwa fünf Meter Platz zum Quersteg hat, springen sie direkt hinter meinem Boot ins Wasser. So manches KABUSCH wird daher auch von Wassertropfen gefolgt, die in meinem Cockpit aufklatschen. Dichter dran kann man nicht springen.

Ich bin von den Wochen zuvor jedoch tiefenentspannt und vom Naturell her auch niemand, der sich mitten in der Nacht über zu laute Jugendliche beschwert. Also lege ich mich großmütig wieder hin, nachdem ich mit einem heimlichen Blick am Niedergangsverdeck vorbei ihren Zustand beurteile. So voll wie die sind, halten die höchstens 30 Minuten durch. Denkste.

Zwar wird es nach einer Weile merklich ruhiger, weil sich die meisten von ihnen zu dem neu gestalteten Aufenthaltsgebäude verziehen, das sich ganz am Ende des Stegs befindet. Nicht, um sich auszuruhen, o nein! Von dessen Dach kann man richtig hohe Sprünge machen. Das Gebäude ist aber etwa 50 Meter weit entfernt – der Lautstärkepegel sinkt also – und der Rest der Bande sitzt nun auf den Bänken am Steg und unterhält sich. Ich schlafe also nach einer getippten halben Stunde ein.

KABUSCH! KABUSCH (Ihhhhhh!). Dann geht es wieder los. Schlimmer als vorher. Mädels werden gegen ihren Willen ins Wasser geworfen, was zusätzlich noch ein ohrenbetäubendes Kreischen zur Folge hat. Ich stand vor Jahren mal auf dem Paddock Club beim Start der Formel 1 in Hockenheim. Das ist dB-technisch ein Kindergeburtstag dagegen. Mittlerweile ist es 4 Uhr. Dann wird es jedoch etwas ruhiger, und da ich in den vergangenen zwei Stunden mein Gehör sehr gut trainieren konnte, höre ich nun die ersten Gürtelschnallen klappern – ein Zeichen, dass man sich wieder anzieht. Und tatsächlich – die ersten Stimmen entfernen sich, übrig bleibt nur noch erträgliches Gelalle und Geplaudere am Steg. Wieder schlafe ich ein.

KABUSCH, KABUSCH, KABUSCH, KABUSCH!

Erneut schrecke ich hoch. Diese Arschbomben haben eine neue Qualität. Es scheinen besondere Bomben zu sein, die maximale Lautstärke und Wasserspritzer als Ziel haben. Ich hebe das Niedergangsverdeck leicht an und erkenne drei Jungs, die noch immer da sind.

Jeder von uns kennt noch die Schulzeit. Es gab Jungs, die jedes Mädel bekamen, das sie wollten. Dann gab es Jungs, die ab und zu mal ein Mädel bekamen. Dann die Gruppe, die ordentlich kämpfen musste, um die Mädels der zweiten Reihe abzubekommen. Und dann eine Handvoll Jungs, die nie ein Mädel hatten. Genau diese Kategorie saß nun am Steg. Während sich die anderen sicher in irgendeinem Werftgebäude über die Mädels hermachten – bestimmt mit Zunge – verpassten die drei den Höhepunkt des Abends.

Man erkennt sie. Und mir war klar, was das bedeutet. Diese Jungs gehen erst einmal nicht nach Hause. Die machen die Arschbomben nicht, um vor den Mädels cool dazustehen. Die machen das, weil es sonst nichts gibt, was sie machen können. Und noch viel schlimmer: Es stehen volle und ungeöffnete Bierflaschen neben der Bank. Und so geht dieser Arschbombenbattle bis 6:15 Uhr. Als sie endlich gehen, gibt es bei mir an Bord bereits den ersten Kaffee. Da ich wegen des Gewitters erst um 1 Uhr einschlief, nehme ich diesen Kaffee entsprechend übermüdet ein. Allerdings ist die Laune entgegen meinen Augenlidern nicht am Boden, denn der Morgen präsentiert sich wie im Bilderbuchsommer. Und so lege ich um 9 Uhr bereits ab – in Erwartung eines fantastischen Segeltages.

Als ich aus dem Schlauch des Hafens in den Sund gelange, fällt meine Entscheidung, wohin ich fahre, ziemlich leicht. Bereits an der Backbordtonne des Fahrwassers kann man gut erkennen, woher die Strömung kommt. Und an der Schräglage und der „Bugwelle" der Tonne auch, wie stark. Ich entscheide mich also für den Weg mit der Strömung und fahre erst mal wieder in südwestliche Richtung. Da es sehr heiß und windstill ist, lasse ich die Segel zunächst unten. Außerdem nimmt der Strom unter der Brücke oft noch zu und vollzieht dort auch kapriziöse Kreisel, in denen es ohne Fahrt schwierig zu steuern ist. Und so düse ich lediglich im Standgas mit fast 7 Knoten unter der Brücke durch. Der Zustand des „Düsens" dauert allerdings nicht lange. Denn als der Sund wieder breiter wird, ist die Strömung fast bei null. Dennoch fahre ich im Standgas weiter und warte auf Wind. Der aber nicht kommt. Also lasse ich mich langsam über einen spiegelglatten Sund treiben und schwitze vor mich hin. In diesem Moment fällt mir ein, dass ich ja eigentlich ins Smålandfahrwasser fahren wollte, um darüber einen Artikel für die YACHT zu schreiben. Nach kurzem Nachdenken beschließe ich jedoch, mich dem Plan des Roulettesegelns zu unterwerfen und keinen Plan zu erfüllen. Das war bisher alles so entspannt, damit will ich nicht aufhören. Vielleicht treibt es mich ja irgendwann diesen Sommer noch rüber. Aber planen will ich das nicht mehr. Adieu Smålandfahrwasser.

Motor.

Segler. Alles strebt in die Südsee.

Ich weiß nicht warum, aber ich lande schließlich im Tonnenstrich, der vom Svendborgsund zwischen den Inseln Tåsinge, Hjortø, Skarø und Drejø vorbei in Richtung der Insel Ærø führt. Vielleicht war es eine Entscheidung, um den Kampf gegen die Müdigkeit zu gewinnen. Denn wenn der Jockel läuft und kein Wind ist, wird es an Bord unglaublich langweilig. Langeweile – gepaart mit Hitze – hat an diesem Tag sehr schwere Liddeckel zur Folge. Im Fahrwasser muss man jedenfalls noch ein wenig gucken und den Fähren ausweichen. Ich verliere diesen Kampf dennoch. Irgendwann überholt mich die Fähre nach Ærøskøbing an einer sehr engen Stelle, und ich bemerke, wie mich der Schwell aus einer Art Tagtraum herausholt. An diesem Punkt kenne ich den Begriff „Seemannschaft" und mache das, was ich beim Autofahren gelernt habe: Ich fahre rechts ran. „Rechts" bedeutet in diesem Falle Drejø Færgehavn.

Selbst bei diesen windstillen Bedingungen versemmle ich das Anlegemanöver völlig. Wieder mal. Ich habe mir gleich direkt die vorderste südliche Box herausgesucht – an Backbord den Schwellschutz und an Steuerbord einen Heckdalben, der weit außen und weit hinten steht. Ich erreiche ihn nicht, vertüdel mich mit der Backbord-Achterleine, lasche DIGGER vorn erst mal fest und hänge dennoch sehr schräg in der Box. Bis ich endlich fest bin, dauert es etwa 15 Minuten.
„Na, ob das so eine gute Idee ist?" – Eine Stimme überrascht mich. Sie kommt von einer Frau, die sich auf dem Sonnendeck eines eine Box weiter befindlichen, riesigen Motorbootes räkelt. Die Antwort gibt sie dann auch gleich selbst, denn es sind von Osten her für die Nacht ziemlich starke Gewitter angesagt. Und bei solch einer Lage ist meine Box denkbar schlecht. Der Schwellschutz ist eher so ein Alibi-Bau, sodass ich dann direkt in der von Osten her in den Hafen laufenden Welle liege. Zwar habe ich überhaupt keine Lust dazu, aber es motiviert mich, DIGGER in eine der hinteren und kleineren Boxen zu verholen. Glücklich nach einem perfekten Anleger festgemacht, gehe ich erst einmal zum Strand, um Polly zu bespaßen und mir durch ein Bad die Müdigkeit zu vertreiben. Der Polly-Teil des Plans und das Baden klappt – das mit der Müdigkeit

leider nicht. So gehe ich wieder aufs „Schiff" um eine Runde zu schlafen. Im Boot ist es jedoch so dermaßen heiß, dass ich zunächst das Vorluk aufmache, mich bis auf die Unterhose entkleide und mir die Wartezeit liegend im Cockpit vertreibe, bis das Boot durchgelüftet ist. Dieses Vorhaben geht schief, und das gründlich, denn ich schlafe sofort ein. In der prallen Sonne, ohne T-Shirt, ohne Baumzelt und ohne die Sonnencreme benutzt zu haben. Ich schlafe lange. Als ich wach werde, ist es schon Nachmittag. Ich merke sofort, dass was nicht stimmt. Meine Haut spannt, und gleich die erste Berührung schmerzt ganz fürchterlich. Vorn rot - hinten weiß: Ich sehe aus wie eine Mitte-Fahrwasser-Tonne. Dass Jugendliche mir mal solche Schmerzen bereiten werden, hätte ich nie gedacht. Und wenn, dann sicher in Hamburg in der U-Bahn, aber nicht auf Fyn.

Sehen Sie mal.

Geschützt, geschüttelt und gerührt.

Die Dänische Südsee gilt als geschütztes Revier. Immer wenn ich mit Leuten ins Gespräch komme, wird mir das bestätigt: „Ach, das ist ja für so ein kleines Boot das ideale Revier hier - immer schön geschützt."
Dieser Schutz wird durch die Inseln geboten. Überall ist Land in Sichtweite, deshalb kann sich keine ordentliche Welle aufbauen. Mit einem Boot der Kategorie C lässt sich dieses Gebiet folglich sicher und bequem absegeln.

Ich werde wegen des Sonnenbrands an diesem Morgen noch früher wach als üblich. Jede kleine Bewegung schmerzt. Selbst ein nur leichtes Touchieren meiner dunkelroten Haut mit dem Schlafsack führt zu einem starken Brennen. Zum Glück blieben die Gewitter in der Nacht aber aus. Auf dem Weg zum Klohäuschen treffe ich zu so früher Stunde einen dänischen Segler. Er erzählt mir, dass er gleich ablegt, denn nun soll ab dem frühen Vormittag die angekündigte Front hier durchziehen und sich wohl ein paar Tage häuslich niederlassen. Drejø ist traumhaft, zum Eingewehtsein jedoch nur bedingt geeignet. Es gibt zwar einen Købmand, aber dessen Auswahl ist sehr ... nennen wir es „übersichtlich". Dazu hat man hier kein Internet, was ich an Tagen unter Deck jedoch sehr gerne nutze. Sei es um fernzusehen oder um zu skypen. Mit einer WLAN-Verbindung lässt sich die Zeit manchmal besser vertreiben. Ich beschließe also, hier auch zeitig den Schuh zu machen und mich die nur rund sechs Seemeilen nach Ærøskøbing zu verholen. Der Hafen ist zum Abwettern ideal.

Um 7 Uhr früh ist Polly bereits bespielt worden, die ersten Tassen Kaffee sind meine Kehle runtergelaufen, und so werfe ich die Leinen los. Es ist grau, sehr diesig und nahezu windstill. Von Welle keine Spur.

So verlasse ich den Hafen unter Motor, und rechtzeitig an der südlichen Kardinaltonne kommt etwas Wind auf. Also ziehe ich das Großsegel ungerefft hoch und steuere auf Ærøskøbing zu. Ein schöner Anlieger. Bei klarem Wetter würde ich hier nie auf die Idee kommen, auf dem iPad einen Kurs zu setzen, aber man sieht von der nahen Insel nichts, und so ist mir das lieber. Nach etwa 15 Minuten wird es über mir langsam dunkel. Für kurze Zeit schläft der Wind ganz ein. Ich überlege kurz, den Jockel anzuwerfen, als ich plötzlich von einer leichten Böe von achtern neuen Anschwung bekomme. Ich freue mich, denn so geht es noch schneller. Mir ist bei dem komischen Himmel nämlich nicht richtig wohl zumute, und ich möchte gern bald da sein.

Als ich mich kurz umdrehe bemerke ich, wie hinter mir die Insel Drejø verschwindet. Nicht weil ich so schnell bin, sondern weil sie sich quasi in einem grauen Schleier auflöst. Als sie weg ist, erkenne ich, wie sich vor der Insel das Wasser verändert. Es wird silbrig weiß. In der Gewissheit, dass von da hinten gleich ein ordentlicher Regenschauer kommt, ziehe ich schnell meine Öljacke und meine Rettungsweste an. Und tatsächlich - wenig später fängt es an, wie aus Eimern zu schütten. Und kurze Zeit darauf werde ich von waagerecht stehenden Regentropfen überholt. Eine amtliche Böe setzt ein. Wie auf einer Achterbahn abwärts setzt sich DIGGER in Bewegung und zieht und zieht und zieht. Ich habe Mühe, die Pinne anständig zu führen - der Druck wird sehr stark, das Ruder gibt laute Blubbergeräusche von sich. Dann ist die Böe auch schon wieder weg. Mir wird unheimlich, denn es wird immer dunkler. Schon kommt die nächste Böe. Der Windmeter zeigt mir 30 Knoten achterlichen Wind an - bei 8 Knoten Fahrt. Es kachelt also ganz ordentlich. Dazu kommt langsam Welle auf. Als der Wind wieder etwas absackt, drehe ich die Nase des Bootes in den Wind und lasse das Großsegel fallen. Der Hafen ist noch etwa drei Seemeilen weg. Zum Reffen habe ich keine Lust, denn eine kurze und sehr steile Welle spielt lustige

Spiele mit dem kleinen 750-Kilo-Boot. Unter Fock werde ich bei diesen Bedingungen gute Fahrt machen können. Also bändsel ich das Großsegel fest und gehe wieder vor den Wind. Von der Insel ist noch immer nichts zu sehen, auch wenn sie nur noch etwa 2,5 Seemeilen entfernt ist. Wind und Regen werden immer stärker. Das stört mich weniger, denn das Boot zieht, und mein Ölzeug ist dicht. Was mir mehr zu schaffen macht, ist die Welle. Wo kommt die nur her? In solch einer kurzen Zeit? Immer steiler und höher schlägt sie von achtern ein. Ich komme mir vor wie in einem Eierkocher. Das Boot schlägt wie wild, dazu ist das Geräusch vom Lümmelbeschlag so dermaßen laut, dass es in mir ein mulmiges Gefühl weckt. Ich beginne zu fluchen. Immer lauter. Ich schreie meinen Unmut in den Wind. Es ist Sommer – und ich bin wieder mal völlig sauer auf Rasmus, diesen durchgeknallten alten Mann.

Die Psyche ist in solchen Situationen ein Faktor, der fast mehr Wirkung hat als Wind und Welle. Und die Psyche ist schnell durch verschiedene Umstände – auch wenn sie gar nicht schlimm sind – erheblich beeinflussbar. An diesem Morgen kommt einiges zusammen. Zunächst die Bedingungen, dann mein starker Sonnenbrand, das herumwirbelnde Boot, der knarzende Baum, die geringe Sichtweite. Auch steigen die ersten Wellen ins Heck ein. Ich schließe die Persenning des Niedergangs, um das Boot innen trocken zu halten.

Polly wird dadurch unruhig und beginnt zu jaulen. Erst als ich den Sichtschutz entferne - was sich leichter anhört, als es ist - ist sie ruhig und legt sich wieder hin. Bei diesen Bootsbewegungen die Pinne loszulassen, ist eine echte Aufgabe. Ich muss sehr fix sein, denn das Boot schlägt schnell quer. Zu allem Überfluss überholt mich auch noch eine Fähre ziemlich dicht. Das hat Tradition: Fähren treffe ich grundsätzlich immer an den engsten Stellen. Was zusätzlichen Schwell von der Seite bedeutet. Es ist noch keine 9 Uhr früh und ich bin schon völlig bedient. Wie beschissen kann eine sechs Seemeilen kurze Überfahrt in einem „geschützten Revier" eigentlich sein? Und von wegen geschützt - mir reicht's, und das dicke.

Eine Weile später erkenne ich schemenhaft die Insel und erwarte, dass es nun etwas ruhiger wird. Wird es aber nicht, weil sich die Wellen getreu guter Seemannschaft an das Fahrwasser halten und mir folgen. Ich brauche nicht erwähnen, dass mir die Fähre natürlich wieder entgegenkommt. Das volle Programm noch vorm Frühstück. Total entnervt, durchgefroren und sauer lege ich etwas später in Ærøskøbing an. „Geschützt - ich kotz gleich!", rufe ich, als ich an Land springe und die Vorleine belege. In diesem Moment schaut jemand neben mir aus seinem Boot raus und lacht. Würde ich an seiner Stelle auch tun.

Nach einem Sandwich lege ich mich unter Deck und bleibe dort im Dauerregen bis abends. Hätte ich keinen Hund, der raus muss, wäre ich niemals aufgestanden.

Frank P., Hafenmeister.

Tally Cards nennen sie sich. Sie sind der Schrecken all jener, die das suchen, was der Däne „hyggelig" - gemütlich - nennt. Tally Cards sind, seitdem es sie gibt, meine Feinde. Ich mag sie nicht. Zecken und Tally Cards rangieren bei mir auf dem gleichen Ekellevel. Allerdings kommt man nicht umhin, ab und zu mal die ein oder andere Karte in der Hand zu halten. Sie sind mittlerweile einfach zu stark verbreitet. Denn Tally Cards stehen für die Modernisierung vieler Häfen, die zu „Marinas" werden. Die eigentlich niemand braucht - jedenfalls nicht hier. Denn in die Dänische Südsee kommt man nicht wegen moderner Häfen, sondern weil man das Hyggelige sucht - die Natur, die Beschaulichkeit.

Als ich vor Jahren zum ersten Mal nach Ærøskøbing kam, hatte dieser Hafen bereits diese Guthabenkarten eingeführt - als einer der ersten Häfen überhaupt. Man geht an einen Automaten, bezahlt dort das Hafengeld, bekommt einen Aufkleber und kauft eine Tally Card. Auf die bucht man ein Guthaben auf, bezahlt für die Karten eine Kaution und muss dann diese Plastikkarten in Dusche, Strom und Wasser stecken - und dafür bezahlen. Die Duschen sind dabei besonders drollig, denn es gibt verschiedene Abbuchungssysteme (siehe Svendborg) - jedes ist irgendwie anders. Und auch den Strom zu bezahlen hat es in sich. Kaum einer steigt da richtig durch. Man sieht deshalb an diesen Terminals sehr oft Menschen stehen, die sich am Hinterkopf kratzen. Vielleicht kommt meine Tonsur sogar daher. Nicht selten findet man an den Stromsäulen Zähler, die noch Guthaben vom Vorgänger aufweisen, das man nutzen kann. Der Vorgänger ist nämlich bereits über alle Berge und hat die Karte längst zurückgegeben. Dann freut man sich - ist aber irgendwann mit Sicherheit selbst der Dumme, der das Guthaben nicht wieder zurückbucht. Wenn es denn überhaupt funktioniert.

Tally Cards haben nie zu Ærøskøbing gepasst. Besonders hier, in einem Ort, der stolz darauf ist, sein Äußeres seit Jahrhunderten nicht mehr verändert zu haben, sind Plastikkarten irgendwie grotesk.

Als ich nachmittags zum Klo und mein Hafengeld bezahlen will, denke ich schon auf dem Weg: „O nein, wieder diese doofen Karten." Aber von wegen – die Automaten sind abgeschafft. Auch die Stromsäulen haben die Bezahlsysteme nicht mehr. Und eine Zugangskontrolle (wie in Fort Knox) zu den Duschen ist ebenfalls passé. Keine Tally Cards mehr. Ærøskøbing hat einen Schritt nach vorn gemacht, indem es einen Schritt zurück gegangen ist. Kaum etwas deutet noch auf das System hin – alles wurde ausgebaut. Weg damit! Wo man in anderen Häfen damit rechnet, bald an den Toilettenpapierabrollern per Fingerprint und Pupillen-Identifikation bezahlen zu müssen, wurde hier die Uhr auf eine bessere Zeit zurückgedreht. Was für eine wunderbare Entscheidung! Ich hoffe sehr, dass andere Häfen nachziehen und die Zeichen besserer Zeiten erkennen.

Abends kommt zu meiner Zufriedenheit noch etwas anderes Tolles hinzu, und zwar in Form eines Geräusches: TOCK, TOCK, TOCK! Ich mag das Klacken, wenn der Hafenmeister an den Bugkorb klopft, um das Liegegeld zu kassieren. All die Jahre gab es hier keinen Havnefoged mehr, der das machte. Nur ein paar Hilfskräfte, die die bunten Aufkleber an den Schiffen zu kontrollieren hatten. Nun steht da wieder dieser Kerl mit der Geldtasche vorm Bauch und seinem roten Klappfahrrad neben sich. Er ist freundlich, schickt noch ein paar sehr lustige Sprüche auf die Reise und kassiert. Danach quatschen und lachen wir, und schon fährt er weiter. Noch eine ganze Weile hört man das Geräusch immer wieder im Hafen, bis er schließlich alle Boote abgeklappert hat. Ich gehe später noch in den Netto-Markt am Hafen, kaufe ein Steak und Salat und grille danach direkt am Spielplatz.

Am nächsten Morgen schreibe ich auf meinem Blog einen Artikel über die Neuigkeiten und auch über den lustigen Hafenmeister. Und bekomme direkt ein paar Kommentare auf Facebook von Seglern, die die-

Warten und genießen.

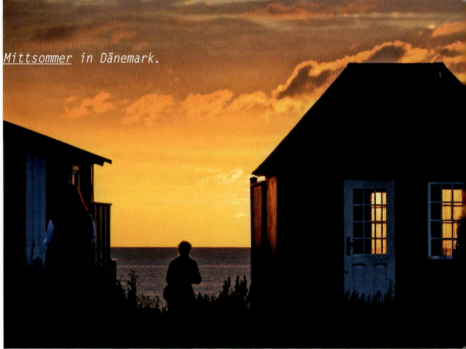

Mittsommer in Dänemark.

Ærøskøbing.

se Nachricht aus der Südsee mit Freude aufgenommen haben. Abends sehe ich den Hafenmeister wieder. Denn ich bleibe den ganzen Tag hier. Es ist lausige 8 °C kalt und sehr windig, sodass ich keine Lust habe, weiterzusegeln. Immer, wenn ich an diesem Tag mal aufs Meer schaue, bin ich froh, nicht in dieser Hackwelle zu hängen. Das gestern hat mir erst mal gereicht. Nach dem TOCK, TOCK, TOCK gehe ich nach vorn und spreche mit ihm über die Neuerung des Althergebrachten. „Alssso, 80 % der Segler finden dasss gut", lächelt er. Ich erzähle ihm, dass ich drüber geschrieben habe und auch von den positiven Kommentaren. „Wo schreibst du denn darüber?" Ohne konkret zu werden und ohne eine Adresse zu nennen, antworte ich ihm, dass ich im Internet schreibe und auf Facebook.

Der nächste Tag. 7 °C am Morgen und Platzregen. „Was soll ich da draußen?" - Ich bleibe also noch einen Tag hier. Der Hafenmeister begegnet mir bereits auf meiner Hunderunde, und ich erzähle ihm, dass ich nicht weitermöchte. Man merkt ihm an, dass er mich bedauert. Abends sitze ich im Cockpit und sehe ihn aus dem Augenwinkel mit dem Fahrrad angerauscht kommen. Er hält kurz an meinem Boot und ruft sofort: „Ich wusste gar nicht, dass ich lustig bin!" Mir wird schallend lachend klar, dass er wohl meinen Blog gefunden hat.

Gegen Abend reißt zum Glück der Himmel auf. Ein ganz spezieller Tag. Denn heute wird Sankt Hans Aften gefeiert - es ist Mittsommernacht. Schon am Tage wurden die letzten Sträucher und Bäume auf den großen Scheiterhaufen gelegt, auf dem traditionell die Hexenpuppe verbrannt wird. Ich kann mich noch gut an das letzte Jahr erinnern, als wir an diesem Tag bei strömendem Regen in Hals am Limfjord lagen. Das Feuer war wegen der Wassermassen von oben nach einer Stunde bereits wieder aus. Und das stellte sich als schlechtes Omen bezogen aufs Sommerwetter heraus. Daher schöpfe ich heute etwas Zuversicht. Immerhin scheint jetzt, pünktlich zum Abend, die Sonne. Alle, die hier teilweise seit Tagen mit mir im Hafen auf den Sommer warten, ziehen los, um den Sonnenuntergang an den kleinen Badehäusern zu beobachten. Und dieser Weg lohnt sich. Denn das Licht ist heute außergewöhnlich. In der tief stehenden Sonne,

Schluss jetzt mit Regen! Die Wetterhexe wird geopfert.

die riesig erscheint, sieht man in der Ferne die Umrisse von Lyø. Ein blau-violett-oranges Lichterspiel. Ein paar Feuer und Rauchfahnen sind am Horizont auf den anderen Inseln zu erkennen. Dazu die traumhaften Holzhäuser. Es könnte nicht perfekter sein. Ich schieße fast meine gesamte Speicherkarte voller Bilder. Kaum jemand am Strand spricht. Alle sind überwältigt von diesem Anblick. Ich habe das so schön noch nie zuvor erlebt. Als die Sonne im Westen untergeht, erscheint im Osten auch noch ein riesiger Vollmond. Und in der Mitte wird der Holzhaufen angezündet, auf dem die Hexe langsam verbrennt. Ein magischer Abend. Ich beschließe, dass es eine Wetterhexe sein muss und der Regenspuk nun mal aufhört.

Aber das Wetter ändert sich nicht. Auch am folgenden Tag ist es windig, regnerisch und mit 8 °C arschkalt. Ich bleibe also noch länger hier. Mittlerweile bekomme ich große Bedenken, was den Sommer angeht. Ich muss oft an das vergangene Jahr denken, als wir wochen-, ja, monatelang auf einen Sommer warteten, der niemals kam. 8 °C im Juni lässt meine Alarmglocken schrillen. Das wird doch nicht schon wieder so werden? Ist das jetzt die globale Erwärmung, von der alle reden? Die habe ich mir irgendwie anders vorgestellt. Gegen 18 Uhr höre ich wieder das vertraute TOCK, TOCK, TOCK!. Als ich mit Geldbörse in der Hand nach vorn komme, schüttelt Frank den Kopf, schließt kurz die Augen und sagt: „Lass mal gut sein - du armer Kerl. Gib mir Geld für den Strom, das soll heute reichen. Du liegst hier ja eh auf so einem kleinen Jollenplatz. Außerdem wird das Wetter so bleiben, und nach fünf Tagen hast du zwei Tage freies Liegen." Dass ich die sieben Tage wirklich vollmache, ist mir zu der Zeit nicht klar.

Hören Sie mal.   *Schauen Sie mal.*

Der Regenmacher.

„Sag mal, willst du mit deinem Wetterproblem nicht mal zum Arzt gehen?" Bolle schrieb mir das am Pfingstmontag. Mein Zug kam um kurz nach 18 Uhr in Schleswig an. Bis dahin war das Wetter ganz gut. Ab 19 Uhr setzte dann heftiger Regen ein. Zwei Wochen zuvor war es ähnlich. Bei schönem Sonnenschein machte Bolle sein Boot klar und wollte übers Wochenende raus. Ich schrieb ihm noch eine SMS, als ich in Schleswig ankam. Und eine halbe Stunde später brach ein heftiges Gewitter über der Stadt los. Danach wieder Regen, Regen, Regen. Mittlerweile munkelt man in Schleswig - und man munkelt viel in Schleswig -, dass die Wetterlage direkt mit mir in Verbindung stehen könnte. Um ehrlich zu sein, ist so ein Gedanke auch bei mir manchmal da. Vor einigen Tagen kam ich in Neustadt/Ostsee an. Zwei DIGGER-Editionen (Varianta 18, die nach DIGGERs Vorbild ausgebaut wurden) sollten an ihre Eigner übergeben werden, eine davon wurde sogar für ein Magazin getestet. Ich sollte quasi als Patenonkel dabei sein. An diesem Tag regnete es in Neustadt so viel wie sonst im ganzen Mai. Tom Stender von der SEGLER-ZEITUNG begrüßte mich im strömenden Regen lachend mit den Worten: „Wer ist eigentlich auf die blöde Idee gekommen, dich hierher einzuladen?" Ich habe meinen Ruf weg. Und manchmal befürchte ich, zu Recht. Kim Reise von Pantaenius, die ich auf ihrer Comfortina COOL WOOL letztes Jahr in Fåborg traf, schickte mir über Facebook sogar ein neues, modifiziertes DIGGER-Logo zu.

Sommer???

Urlaub auf Ærø.

Nach sechs Tagen komme ich in Marstal an. Bei 35 Knoten Wind und eisigem Regen. Als ich den Hafen erreiche, stehen meine Schleswiger Freunde Gitta und Sven bereits als Empfangskomitee mit einem 6er-Pack Bier am Hafengebäude. Sie wussten, dass ich einen Hafen weiter liege, und haben mir einen Tag zuvor eine Nachricht geschickt, dass sie mit ihrer X 79 in Marstal eingeweht sind. Also habe ich mich bei diesem Wetter auf den Weg gemacht, sie zu besuchen. Allerdings mit dem kostenlosen Fyn Bus. Denn wenn eine X im Hafen bleibt, mache ich DIGGER sicher nicht los. Selbst hier nicht, wo es ja so geschützt ist. Wir verbringen an Bord der FRAU KRAUSE einen feuchtfröhlichen Tag, bevor ich mir den letzten Bus schnappe. Auf der Rückfahrt lerne ich eine junge, immigrierte Grönländerin kennen, die mit ihrem Sohn unterwegs ist. Zurück in Ærøskøbing treffe ich sie wieder. In dem folgenden Gespräch wird mir bewusst, wie schwierig das Leben der Insulaner manchmal sein kann. Sie macht gerade ihren Führerschein. Dazu braucht sie eine Nachtfahrt. Und die bekommt man nicht auf Ærø, sondern nur auf Fyn.

Sommerurlaub mit Gitta und Sven. _Hyggelig._

Also schnappt sie sich heute Sohnemann und wartet nun auf die letzte Fähre. Damit fährt sie nach Svendborg, macht ihre Nachtfahrt und übernachtet dann in einem Hotel, um am nächsten Morgen wieder mit der ersten Fähre zurückzufahren.

Der nächste Tag ist wie die Tage zuvor: Es regnet, es ist windig, es bleibt kalt. Ich habe mich mittlerweile dieser Situation ergeben und zähle die Tage nicht mehr. Abends lerne ich Karsten und Max kennen. Max hat auch einen Blog (Segelsuppe) und Karsten erkennt am Hafen Polly – er ist ein treuer Blogleser. Mit seinem Folkeboot AMANDA segelt er fast immer hier in der Südsee – es hat seinen Sommerliegeplatz in Søby. Er gibt mir einen Tipp: In einer Woche ist auf der Insel Skarø ein Musikfestival, das sehr schön sein soll. Er will dort auf jeden Fall hin, und wir verabreden uns lose.

Am nächsten Morgen wache ich früh auf. Der Grund: Licht! Die Sonne scheint tatsächlich. Es ist sogar ein bisschen warm. Am Tag zuvor trifft eine Nachricht von Andreas und der CORNISH MAID ein. Er fragt mich, ob wir uns in Marstal treffen wollen. Eine gute Idee – und heute komme ich tatsächlich hier weg. Bereits um 5 Uhr früh trinke ich in der Sonne einen Milchkaffee, um mich kurz darauf zu duschen und das Schiffchen ablegebereit zu machen. Da vormittags wieder eine Front durchrauschen soll, will ich nicht zu spät los. Beim Kappen des Landstroms fällt mir ein, dass ich Frank, dem Hafenmeister, gern noch Farvel gesagt hätte. Aber der kommt erst gegen 9 Uhr, und da bin ich schon über alle Berge. Also räume ich meine Kühlkiste leer. Dort sind noch ein paar Dosen Bier. Dazu schreibe ich einen Abschiedszettel, drücke meinen Bootsstempel drauf und lege ihn, befestigt mit den Bierdosen, auf den Steg. Der gute Mann war so gastfreundlich, da kann ich nicht einfach so wegfahren. Nach einem völlig verunglückten Ablegemanöver (ich bekam die fast festgewachsene Heckleine nicht vom Dalben) verlasse ich meinen Urlaubsort der letzten acht Tage.

Der schwache Wind an diesem Morgen zwingt mich dazu, zunächst langsam aus dem Hafen und Fahrwasser herauszumotoren. Nicht erwähnen muss ich, glaube ich, dass mich an der engsten Stelle wieder ganz

dicht die Fähre überholt. Noch keine 7 Uhr, und ich hab schon das erste Schleudertrauma hinter mir. Murphys Law trifft mich gern. Aber schon kurze Zeit später kommt mit ein paar Wolken auch etwas Wind, sodass ich Segel setze. Ich beschließe, keine Abkürzung zu nehmen. Denn mit meinen 85 Zentimeter Tiefgang könnte ich auch fast direkt auf Birkholm zufahren und die Tonnen links liegen lassen. Ich habe aber Lust, länger zu segeln, und da machen Abkürzungen keinen Sinn. Bis zum Fahrwasser, das südlich Birkholm entlangläuft, segle ich mit circa 2 bis 3 Knoten „Fahrt" auf glattem Wasser. Danach dreht der Wind ständig, und ich habe ordentlich mit Segeltrimm und Navigation zu tun. Das Fahrwasser ist sehr eng, teilweise sind die Tonnen versetzt, und man muss sich schon drauf konzentrieren.

Als sich der Himmel von Westen her zuzieht und dunkel wird, hole ich von drinnen meine Rettungsweste und den Lifebelt. Kann ja gut sein, dass da was Ordentliches ankommt; sicher ist sicher. Ich habe die Weste noch nicht ganz angezogen, da stoppt das Boot ziemlich abrupt. Ich bin auf Grund gelaufen und DIGGERs Kiel steckt in feinstem Südseesand fest. Was für ein dummer Anfängerfehler! Ich habe - weil ich gerade drei Sachen auf einmal mache - nur die Tonne vor mir beachtet, nicht aber die hinter mir. Deshalb stehe ich nun außerhalb des Fahrwassers im Schiet. Glücklicherweise bin ich da nicht mit viel Fahrt reingerauscht, deshalb gelingt es mir, durch Backstellen des Großsegels schnell wieder freizukommen. Weiter geht's. Etwas später kommt Murphy wieder an Bord. Diesmal in Form eines kleinen, schnellen Punktes, der immer größer wird und auf mich zu kommt. Es ist das Postboot, das zwischen Marstal und Birkholm pendelt. Wer diesen schnellen Verdränger kennt, weiß, was das bedeutet: Schwell. Und zwar amtlich. Der bremst nämlich nicht ab. Und wo treffe ich ihn? Genau - dort, wo der Tonnenstrich sehr eng ist, an einer Biegung. Schleudertrauma zwei verteilt dann auch meinen Kaffee im Cockpit. Überall läuft die braune Suppe runter. Mit einen Lappen wische ich das Gröbste weg. Und stoppe erneut auf. Wie ich eben schrieb: Man sollte sich in diesem Fahrwasser konzentrieren. Das habe ich an diesem Morgen zweimal nicht gemacht und bekomme deshalb nun die zweite Quittung. Wieder sitze ich auf Grund. Dieses Mal komme ich nicht so einfach frei. Jedenfalls nicht unter Segeln. Also starte ich den Außenborder und ziehe mich rückwärts aus dem Schlamassel.

Den Rest des Weges bekomme ich noch schönen Wind, sodass ich um 9:30 Uhr in die lange Einfahrt des Hafens von Marstal einlaufe. Zehn Minuten später liege ich neben der CORNISH MAID, deren Eigner gerade duschen ist. Ich bin ganz froh, denn bei diesen langen Boxen war mein Anlegemanöver nicht gerade schulmäßig, sondern eher zweckmäßig - und wieder mal schweißtreibend.
Meine Bilanz an diesem Segeltag kann sich sehen lassen: Zweimal auf Grund gelaufen, zweimal Schleudertrauma, An- und Ablegen versemmelt und eine Tasse Kaffee verschüttet. Was ist eigentlich, wenn ich mal Transatlantik segeln sollte?
Es könnte allerdings schlimmer sein, wie ich später in einem anderen Hafen erfuhr, als ich das Anlegemanöver eines deutschen Skipperpaares bewundern durfte. Den Artikel darüber schrieb ich erst einige Zeit später, in der Retrospektive. Geändert hat das allerdings auch nichts.

Hören Sie mal.

Immerhin: DIGGER ist größer als das Beiboot.

Ein kleines bisschen.

Blogeintrag vom 16. Juli 2013:
Anlegesplattermovie.
Mittags in einem kleineren Hafenbecken der Dänischen Südsee. Bis auf 3 Boxen und einem Steg zum längsseits Anlegen ist alles belegt. Vorn im Becken baden ein paar Kinder, andere fahren mit ihren Dingis herum. Die Stimmung kann man als hyggelig bezeichnen.

Eine deutsche Yacht legt an. Der Skipper und Eigner, ich nenne ihn mal Herrn Wichtig, springt von Bord und fragt überall nach dem Hafenmeister. In diesem Hafen gibt's aber kein Hafenbüro („Unmöglich"), der gute Mann kommt halt mal morgens und abends vorbeigegrätscht. Also wird er angerufen und an den Steg zitiert. Etwa 20 Minuten später kommt er angeradelt. Herr Wichtig klärt ihn auf: Ein Freund kommt gleich auch dazu, er besteht darauf, in einer der vorderen Boxen rückwärts anzulegen. Er hat jedoch an die 2 m Tiefgang. Herr Wichtig wolle nun wissen, ob die Tiefenangaben im Hafenhandbuch stimmen. Der Hafenmeister zuckt mit den Schultern:

„Das ssstimmte mal, aber das ist ssson lange her. Niemand weisss, wie tief es hier ist."

Sauer dreht Herr Wichtig ab („Unmöglich"). Eine Viertelstunde später steht er wichtig auf dem Steg und fuchtelt mit den Armen. Was dann kommt, glaubt mir niemand. Zum Glück habe ich Zeugen.

Der große Eimer kommt in den Hafen, begleitet von Musik und lautem Gejuchze. Der große Eimer ist so groß, dass in Dänemark ganze Inseln damit transportiert werden könnten. Nun würde man denken, dass dort ein Kegelklub unterwegs ist, es ist aber nur das Skipperpärchen. Er und sie. Der Einfachheit halber gebe ich auch ihnen Namen: Bei Paaren haben sich Bimmel (er) und Bommel (sie) bewährt.

Ich fange mal mit Bimmel an. Bei solch einem Plastikhaus, so groß wie die HafenCity, macht es Sinn, bei Hafenmanövern zu stehen. Allein das Steuerrad könnte man auf dem Hamburger Dom als Riesenrad einsetzen. Bimmel aber sitzt. Und hat eine Kippe im Mund. Ein Wunder, dass sie noch brennt, denn er kommt mit Vollgas rein. Die Kippe wäre mir nicht sonderlich aufgefallen, aber als ich Bommel sehe, weiß ich: Die haben für ihre Freunde einen besonders coolen Auftritt geplant. Bommel fläzt sich supicool mit Kippe im Mund auf dem Decksaufbau; und statt der Vorleine hat sie einen Longdrink in der Hand. Gespielt lässig winkt sie zu ihren Bekannten herüber. Die lachen. Auftritt gelungen. Irgendwie hat das was von Ballermann. Auch wegen ihrem Stirnband.

In einem Film würde man nun abblenden und die coole Szene wäre im Kasten. Nun ist Anlegen aber kein Film, und so läuft das Bild unerbittlich weiter – bis zum bitteren Ende. Und dieses Ende wird bitter und lässt lange auf sich warten.

Bimmel überholt im Hafenbecken noch eine 27-Fuß-Yacht, bevor er dann bemerkt, dass der Hafen bald zu Ende ist. Also Hebel einmal rüber und auf Vollgas zurück. Bommel sitzt immer noch, nippt cool an ihrem Drink. Die Yacht fährt rückwärts, Vollgas. Bis zur Hafeneinfahrt, dann wieder Vollgas vorwärts. Bommel sitzt noch immer. Bimmel auch. Und Bimmel fährt nun näher an den Dalben vorbei. Er will sich die Situation erst einmal ansehen. Da er nicht steht, muss er nah ran, denn so sieht er ja nix. Kurz neben der Box stoppt Bimmel. Also nicht Bimmel, sondern das Boot. Es sitzt auf. Im Hafen scheint es eine flache Stelle zu geben. Bimmel und Bommel lachen. Nächstes Manöver: Vollgas rückwärts, und dabei wild am Steuerrad drehen. Der Hafen verwandelt sich in ein Wellenbad. Erste Schaulustige stehen an den Stegen. Segler – eben noch im Cockpit in der Sonne liegend – richten sich auf.

Nach einer Weile kommen die beiden frei. Bommel hat immer noch ihr Glas in der Hand, tut sehr unbeteiligt, prostet den Freunden zu. Cool. Bimmel hinten wird etwas rötlicher im Gesicht. Danach wieder Vollgas nach vorn, wobei Bimmel nicht mitbekommt, dass er fast ein Dingi mit Vater und Kind überfährt. Bimmel bleibt sitzen. Er sieht nach vorn einfach nichts. Und

Bommel auch nicht, denn sie ist mit Drink und den Freunden am Steg beschäftigt. Es werden weitere Vor-Zurück-Vollgas-Manöver gefahren. Es wird noch mal aufgesetzt.
Erste Münder auf den anderen Booten öffnen sich.
Endlich versucht Bimmel, das Boot in die Box zu rangieren. Man erkennt es nur daran, dass er immer Blickkontakt mit der Box hält. Sein Manöver ist völlig irre – denn Vollgas bleibt die beliebte Hebelstellung, und Wind (etwa 4 Bft.) ist für ihn kein Faktor, den man mit einbeziehen sollte. Anscheinend möchte er noch eine Runde fahren, fährt aber mit der Nase nicht im Wind an, sondern so, dass das Boot vorn rumgedrückt wird. (Das Geld für ein Bugstrahlruder fiel wohl den Crewgläsern zum Opfer.) Bommel hat die Kippe im Mund, Glas in der einen, Vorleine in der anderen Hand. Lässig wird gedreht bis ... KNARTSCH! ... das Boot gegen einen Dalben fährt. Bimmel konnte ihn nicht sehen, denn er sitzt immer noch rauchend hinten. Nach diesem Manöver hat Bommel kein Glas mehr in der Hand. Ich hoffe, sie hat es weggestellt. Oder es liegt im Wasser. Ich konnte es nicht erkennen. Wenn es über Bord gegangen ist, liegt es sicher nicht mehr im Hafen, denn wegen der hohen Geschwindigkeit dürfte es bis zur nächsten Insel geflogen sein.
Bommel lächelt nicht mehr. Bimmel auch nicht. Er bedient wie wild Steuerrad und Gashebel.
Beim Zurücksetzen (Vollgas) fährt Bimmel wieder auf das Flach und die Yacht sitzt zum dritten Mal fest. Nun dauert es geschlagene 5 Minuten, bis er wieder frei ist. Mittlerweile wurde aus dem Lächeln lautes Rufen mit den Freunden am Steg. Herr Wichtig hat einen guten Einfall: Bimmel soll doch vorn im Hafen längsseits gehen. (Endlich!)
Als der Eimer wieder frei kommt, fährt Bimmel die Kiste tatsächlich zum vorderen Steg, um dort längsseits zu gehen. Mit Vollgas. Wind ist noch immer kein Faktor, der berücksichtigt werden kann. Bei einem Schiff, dessen Spiegel so groß ist wie mein Parasail, ist Wind aber nicht unwichtig. Sitzend (!), mit Vollgas und 15 Knoten Wind im Rücken geht es Richtung Steg. Da

die Lenkbewegungen wild sind und man nicht erkennen kann, mit welcher Seite eigentlich angelegt werden soll, läuft Bommel auf dem Vorschiff herum wie ein wildes Huhn. Sie hat einen Fender in der Hand, weiß aber wohl nicht, auf welcher Seite sie ihn anbinden soll. Die Vorleine ist mittlerweile auch vertüdelt. Bommels Bemühungen, weiterhin cool zu wirken, sind den Bach runtergegangen. Bommel ist hektisch. Sie ruft etwas zu Bimmel, der sie sitzend (!) weder hört (Vollgas) noch sieht. Während sie dort also rumläuft, macht es ein gewaltiges Geräusch. GFK meets altes Holz. Und zwar mit Vollgas. Jeder in dem Hafen weiß: Das war gerade teuer. Vollgas zurück - aufgesetzt. Bimmel stellt sich hin. Kinder werden vom Hafen weggerufen, Möwen verlassen die Region. Menschen stehen an Deck und haben Angst um ihr Boot. Danebrogs werden eingeholt. Denn Bimmel und Bommel brauchen 3 weitere Versuche, längsseits festzumachen. Immer Vollgas, immer ohne den Wind zu beachten.
Als der Eimer dann nach etwa 30 Minuten (ich übertreibe nicht) fest ist, beginnt im Hafen ein lautes Applaudieren. Normalerweise genießt man Hafenkino ja still. Aber dieser Film hier war wirklich das größte Splattermovie, das man sich vorstellen kann.
20 Minuten später: Ich lese. Laute Rufe tönen durch den Hafen. Bimmel und Bommel schreien sich an. Es wäre sicherlich besser gewesen, nach dem Anlegen einen Drink zu servieren und eine Kippe zu rauchen. Nun aber ist es dafür zu spät. Und der Film endet schlecht.

Marstal mit anderen Augen sehen.

Lesen. Nichts mache ich in meiner „Freizeit" lieber, wenn ich an Bord unterwegs bin. Die Frage ist immer nur: Welche Bücher nehme ich mit? Seglerliteratur kann schmerzhaft sein. Im vergangenen Jahr las ich noch mal die Habecks („Mal seh'n, wie weit wir kommen") und Moitissier („Der verschenkte Sieg"). Die düsen in ihren Büchern mal eben so um die Welt, und wir schafften es wegen des Wetters nicht einmal bis Skagen. Na, danke auch. Motiviert nicht gerade.

Romane sind oft was Feines. Ich habe es irgendwie immer gern passend. Irgendwas mit Meer und Schiffen. Früher hab ich mal Jon Krakauers „In eisige Höhen" auf dem Boot gelesen – ein Buch über eine tragische Mount-Everest-Expedition. Das war irgendwie absurd. Über den Eisbruch „Western Khwm" zu lesen, während man in einer Ankerbucht in der Ostsee liegt, ist irgendwie schräg.

Dieses Jahr fand ich etwas Besseres: Seit Jahren schon auf meiner To-read-Liste, hatte ich das Buch jedoch noch nie begonnen. 860 Seiten haben mir immer etwas Angst gemacht. Dank des schlechten Wetters in Ærøskøbing war es dann doch fällig. Und ich freue mich jetzt sehr darüber. Die Rede ist von Carsten Jensens Seefahrerroman „Wir Ertrunkenen" – einer Geschichte von mehreren Generationen von Seeleuten aus Marstal. Eine Zeitung titelte mal: „Was für ein gewaltiges Buch!" Zu Recht.

Was aber noch viel besser ist als das Buch an sich: das Buch in Marstal bzw. auf Ærø zu lesen. Das Kapitel „Die Mole" zum Beispiel handelt von der Entstehung und der Geschichte rund um diesen

absurd langen Steinwall, der den Hafen vor Schwell schützen soll. Zwar hatte ich mich in der Vergangenheit immer mal wieder mit der Geschichte Marstals auseinandergesetzt. Jedoch bin ich nie so tief eingestiegen. So beladen mit Fiktionen, die sich allerdings immer an der Wirklichkeit entlanghangeln, sehe ich Marstal mit anderen Augen. Als würde ich schon seit 200 Jahren hier leben und alle Leute kennen. Sogar die Häuser findet man wieder, in denen die Protagonisten aufgewachsen sind, oder die Straße, in der sie den Lehrer mit Schneebällen fast zu Tode geworfen haben.
Ich fand Marstal schon immer sehr besonders – weil es so seemännisch ist. Aber das hier ist Marstal 2.0.
Einen drauf setze ich noch, in dem ich mit Andreas ins Schifffahrtsmuseum gehe, das in den vergangenen Jahren erheblich vergrößert wurde. Fast die ganze folgende Nacht sitze ich lesend mit Petroleumlampe im Cockpit, und schaue mich dabei immer wieder im Hafen um. Man kann die Geschichten hier förmlich riechen.

Andreas und ich beschließen, zwei Tage hierzubleiben. Das Wetter ist einigermaßen erträglich, und so genießen wir die Zeit zusammen. Am zweiten Abend sitzen wir auf der CORNISH MAID und trinken ein Glas Wein.
Plötzlich höre ich ein Rufen: „DIGGER!" Ich drehe mich um und sehe eine Biga 26, auf der jemand wild mit den Armen rumfuchtelt. Es ist Reinhard, einer der Sauerländer aus der Dyvig. „Ich komme gleich mal zu euch rüber" – er sucht einen Anlegeplatz.

Eine Stunde später ist er immer noch nicht da. Wir entscheiden, nach dem Glas Rotwein in die Kojen zu gehen. Der Tag war wegen dem Herumgelaufe anstrengend und wir sind müde. Außerdem wollen wir beide am kommenden Morgen los.

Einige Minuten später taucht hinter uns ein Mann auf. Da die Stege recht hoch sind, steht er über uns und lächelt zu uns herunter. Laut und entschlossen ruft er uns zu: „Ich will mit euch trinken." Ein Däne, der mit seinem alten Motorboot uns gegenüber liegt, so eines mit Vorhängen an den Fenstern. Ich hatte ihn tagsüber schon

Marstal 2.0.
Ein Ort atmet Geschichte.

einmal gesehen, weil er ebenfalls einen Parson-Russell-Terrier auf seiner Motorbratze hat. „Komm an Bord!", ruft ihm Andreas rüber, und schon springt er mit Bierdosen bewaffnet ins Cockpit. „Hallo. Ich bin Alan. Meine Frau schläft schon, und bei euch sieht es so gemütlich aus", sagt der lustige Kerl lachend, während er zischend eine Dose Carlsberg öffnet. „Prost!"
In diesem Moment hören wir den nächsten Gruß: „Moin - ich musste erst das Boot fertig machen und meine Frau ins Bett bringen." Es ist Reinhard, der mit zwei Flaschen Rotwein bewaffnet ebenfalls ins Cockpit springt. Wir sitzen dort lange - bis die Flaschen alle sind. Dazu hatte Andreas mir etwas mitgebracht: eine Flasche alten Whisky. Er mag keinen Whisky, hatte die Flasche aber 30 Jahre zuvor

von seinem Vater geschenkt bekommen. Da er wusste, dass ich großer Single-Malt-Fan bin, schenkte er mir die Flasche. Ein 16-jähriger Schotte, der 30 Jahre im Keller stand. Und auch diese Flasche wird an diesem Abend noch geöffnet.

Am nächsten Morgen wecken mich starke Kopfschmerzen. Ich bin verkatert. Von Andreas nebenan, der eigentlich immer ganz früh wach ist, keine Spur. Deshalb denke ich zunächst, es ist noch keine 7 Uhr. Da mir aber beim Kaffee machen auffällt, dass bereits viele Boot ablegen, werde ich skeptisch. Nach einer Weile finde ich meine Uhr und sehe: Es ist halb elf. Kurze Zeit später steht auch Andreas auf. Viel besser als mir geht es ihm auch nicht. Wir sind beide nicht in der Lage, heute abzulegen. Daher bleiben wir noch einen Tag in Marstal. Ich verbringe ihn mit schwimmen - was nicht wirklich hilft - und lesen. Meinen Lieblingsroman. Einen Tag später sind wir dann weg.

Hören Sie mal.

Ein Ziel erreicht, das es nie gab.

Die folgenden Zeilen schreibe ich ohne Angaben von Zeiten und Routen. Ich werde falsche Angaben machen und auch richtige. Ganz sicher werde ich falsche Fährten legen. Auch habe ich dieses Kapitel an eine falsche Stelle gefügt, um keinerlei Verbindungen herzustellen. Warum? Weil ich einen Ort gefunden habe. Einen Ort, den ich ganz allein entdeckt habe und für mich behalten werde. Ich werde nicht einmal verraten, wann ich diesen Ort besucht habe und wann dieses Kapitel geschrieben wurde. Ich bitte auch alle, die wissen, wo ich diesen Ort gefunden habe, dieses für sich zu behalten.
„Stephan trägt übrigens mit seinen Revierführer-Filmen die Schuld, dass viel mehr Segler nach Lyø fahren." Die Worte, mit denen ein mir bekannter Segler mich seinem mitsegelnden Freund vorstellte, gingen bei mir runter wie Öl. Und zwar wie ranziges Öl, das mit Sand und vergammeltem Fisch versetzt ist. Wenn dem wirklich so sein sollte, tut mir das irre leid. Ich habe Lyø 2002 kennengelernt. Wir bekamen den Tipp damals in einer Kneipe auf Ærø von einer alten Dame, die auch noch „Lykken" (bedeutet so viel wie „Glück") hieß. Lykken gab uns diesen Geheimtipp mit auf den Weg. Damals war Lyø noch ein kleiner, enger Fischerei- und Fähranleger, in dem auch Platz für ein paar Segelboote war. Im letzten Jahr war ich etwas geschockt, wie groß der Hafen ausgebaut wurde und was dort im Sommer los ist. Mag es der Insel vielleicht auch wirtschaftlich guttun, hat Lyø viel von dem verloren, was es mal zu meinem Lieblingsziel in der Dänischen Südsee machte. Für viele ist Lyø dennoch der Einstieg in eine tiefere Ebene dieses Reviers, fernab von den großen Häfen mit Automaten und Restaurants am Steg.

Es geht aber noch viel tiefer. Der alte Hafen von Drejø zum Beispiel. Allerdings wurde dieser Ort inzwischen von den Motorbratzen entdeckt, die das Idyll an den Wochenenden übervölkern und dort oft laute Musik spielen. Musik, die man nicht hören will. Schon gar nicht in Drejø Gamle Havn. Das ist die Vorgeschichte.

Nun also habe ich erneut einen Ort gefunden. Einen Ort, der eine unglaublich eigenständige Ausstrahlung hat. Ich werde nicht verraten, ob dieser Ort eine Insel ist oder einfach nur ein Fleckchen Erde auf Fyn, Langeland oder Ærø. Ganz große Boote passen hier nicht hinein. Bei 35 Fuß ist definitiv Schluss. An diesem Flecken Erde ist alles wunderschön. Amerikanische Segelyachten ankern in der Region, weil es - 1000-mal geschrieben und immer noch gültig - eines der schönsten Segelreviere der Welt ist. Und dann segelte ich zufällig zu dem Ort, den ich einfach mal Lykken nenne. Nach dem Anlegen war es zunächst wie immer: Ich habe Polly genommen und bin erst mal durch Lykken gebummelt. Schön hier. Sehr schön. Wegen des guten Wetters habe ich entschieden, einen Strandtag einzulegen. Wobei der Begriff „Strand", seitdem ich das SUP (Stand Up Paddle Board) als Dingi habe, einen anderen Stellenwert bekommen hat. Ich suche immer nach einsamen Stränden, die man nicht zu Fuß erreicht. So ein Plätzchen habe ich auch hier gefunden - schöner als alle anderen bisher. Keine Steine im Sand. Ein paar Algen und Wasser mit Farbe und Klarheit, die an Gin erinnert. Abends bin ich noch einmal herumgelaufen. Und habe noch viel mehr Schönes entdeckt. Wenn man Zeit für etwas hat, schärft man die Sinne für Details. Viele Segler legen in Häfen an, klaren das Schiff auf, stellen den Cobb an Land, „grillen", gehen zurück aufs Schiff, schlafen, duschen und legen ab. Ob ein Törnziel schön ist, hängt für sie dann von den sanitären Anlagen oder der WLAN-Qualität ab. Ich bekam wohl auch deshalb vor Kurzem als „Geheimtipp" von einer Dame den Handelshafen von Fåborg genannt …

Vor ein paar Tagen schrieb mir der Redakteur des Magazins „Adrenalin", ob ich irgendwann in den nächsten Tagen Zeit hätte, ein Skype-Interview zu führen. Ich schlug vor, das zu machen, sobald ich einen Hafen mit Internet habe. Nun war ich in „Lykken" - und wusste schnell, dass ich hier so bald noch nicht fertig sein würde.

<u>Perfekt bis ins Detail.</u>
Ich habe ein Ziel erreicht, das nie eins war.

Abends, als ich mit einem anderen Segler grille, der die Besonderheiten hier ebenfalls erkannt hat (er hat, gleich mir, Zeit), werfe ich eine Münze. Und diese Münze entscheidet: „Stephan, bleib noch. Fahr nicht." Also bin ich am nächsten Morgen mit meinem Rechner bewaffnet losgezogen, auf der Suche nach einem Hotspot. Was hier ziemlich absurd ist. Ein Hotspot hier ist so wahrscheinlich wie ein Tyrannosaurus rex, der in einem Ferrari F40 telefonierend an einem vorbeifährt und den Stinkefinger zeigt, während sich Hello Kitty auf dem Beifahrersitz die Beine rasiert. Dachte ich. Jedoch: Keine 200 Meter vom Hafen entfernt fährt der Ferrari an mir vorbei: Vor einem wunderschönen Haus sitzt zu dieser frühen Morgenstunde eine wunderschöne Dame in einem wunderschönen Kleid draußen auf der Wiese. Sie trinkt einen Kaffee, liest in einem Buch und schenkt mir unter ihrem Sonnenhut ein wunderbares Lächeln, während sie mich grüßt. Ich grüße zurück, gehe ein paar Meter, drehe mich um und spreche sie an: „Entschuldigung, dass ich störe. Ich habe eine etwas ungewöhnliche Frage. Ich brauche dringend eine Internetverbindung. Gibt es hier irgendwo einen WLAN-Hotspot?"
„Ja, natürlich. Du kannst mein Internet benutzen. Such dir hier irgendwo im Garten einen Platz", antwortet sie mit einem Lächeln. „Ich gehe schnell ins Haus und schaue mal nach dem Passwort." Leider - oder vielleicht zum Glück - findet sie das Passwort nicht, und ihr Mann ist telefonisch nicht erreichbar. Er sei auf dem Festland. Sie gibt mir aber einen Rat mit auf den Weg: „Gehe ein Stück weiter. Zu dem Hof. Frag mal dort. Die wissen hier alles. Vielleicht können sie dir helfen."
Drei Minuten später höre ich wiederum von einer Dame, die sehr gut Deutsch spricht, folgende Antwort: „Nein. So etwas gibt es hier nicht. Aber ich gehe schnell rein und hole das Passwort. Du kannst unser Internet gerne benutzen." Im Nu sitze ich auf einer Holzbank, lese E-Mails, trinke einen leckeren Kaffee in der Sonne und halte meine Münze vom Vorabend in der Hand. „Danke, Münze."
Ich war froh, geblieben zu sein, denn es folgte eine tolle Unterhaltung. Auf diese gehe ich nicht näher ein, weil sie den Ort verraten könnte. Am Abend ging ich wieder hin, um das Chat-Interview zu führen. Es dauerte etwa anderthalb Stunden. Neben mir stand ein

eiskalter Cidre, der Herr des Hauses deckte draußen einen alten Holztisch wundervoll ein. Private Gäste kamen zum Essen. Während ich schrieb, schritt eine Frau in den Hofeingang. Sie trug ein schönes Kleid und roch an einer Blume, die sie in der Hand trug. Ihr Mann lächelte mich an und grüßte freundlich. Der Herr des Hauses kam zwischendurch zu mir und unterbrach meinen Chat: „Soll ich dir einen Tisch bringen? Das ist zum Schreiben bequemer. Und ist mein Internet schnell genug?"

Ich dachte zwischendurch, dass ich irgendwo hier in irgendeinem Sund in den letzten Tagen gekentert und nun im Himmel sei. Ich bin nach vielen Wochen auf See angekommen. Die Zeit fühlt sich an wie die Überquerung eines Ozeans. Und nun habe ich auf der anderen Seite der weiten See eine Trauminsel entdeckt. Ich habe ein Ziel erreicht, das nie eines war. Ich hatte kein Ziel und habe es dennoch gefunden. Alles hier passt. Das Wetter, die Menschen, der Hafen, die Natur, die versteckten Strände. Und dieser überwältigende Blick auf das dänische Inselmeer, wenn die Sonne untergeht. Ab jetzt beginnt die Rückreise. Ich kenne ihre Route noch nicht. Aber auch wenn ich weitersegle, wird es die Rückreise sein. Und um es ganz doll kitschig zu machen: Ich schreibe diesen Text in der Zeit von 6:15 Uhr bis 7:11 Uhr. Ich sitze am Hafen auf einer Bank in der Sonne. Neben mir ein Kaffee. In einer Dreiviertelstunde nehme ich Polly, gehe 500 Meter weiter. Dort liegt an einem Haus wie verabredet eine Tüte. Auf der steht „DIGGER". Darin befindet sich ein Brot, welches heute Morgen für mich auf Bestellung gebacken wurde. Ich kenne alle Zutaten, die sich darin befinden. Sie wurden mit mir besprochen.

Auf dem Weg dorthin werde ich sicher wieder die ältere Dame vor ihrem Haus treffen. Und dann gehe ich schwimmen. Lykken. Glück. Nichts anderes.

Hören Sie mal.

Das Festival.

Mittlerweile bin ich nach einigen schönen und einigen regnerischen Segeltagen auf Skarø angekommen. Der Tipp von Karsten, auf das Festival zu gehen, ging mir nicht mehr aus dem Kopf. Außerdem lag die Insel heute am Wegesrand. Und da es draußen im Svendborgsund, durch den ich gegen Wind, Strömung und Welle fahren musste, sehr ruppig war und Polly im Schiff hin und her flog, passte mir Skarø als Schutz gut in den Kram. Zwei Tage vor dem Festival da zu sein, erschien mir darüber hinaus eine gute Idee, denn es dürfte recht voll werden.

Etwas später kommt auch Karsten, der vom Drejø Gamle Havn wegen der ganzen Motorbratzen ziemlich enttäuscht ist, her. Wir freuen uns über das Wiedersehen und grillen mit zwei weiteren Seglern, Max und Jakob, die ich am Vorabend in Rudkøbing getroffen habe, am Fähranleger. Dort sitzen wir bis in den nächsten Morgen. Nachrichten waren in den letzten Tagen an mir vorbeigegangen. Auch das Wetter habe ich schon seit einiger Zeit nicht mehr abgerufen - es ist mir mittlerweile egal. Ich lege entweder ab oder nicht, und wenn es unterwegs mal dicke kommt, lege ich halt irgendwo an. Es kommt eh alle paar Meilen ein Hafen. Ich bin daher völlig überrascht, als mir die drei von einem Mega-Hoch berichten, das sich gerade über ganz Europa zusammenbraut. Mehrere Hochdruckgebiete haben sich zu einem vereint, und so soll nun eine ziemlich lange Schönwetterphase kommen. Man spürt das bereits in dieser lauen Nacht – es riecht geradezu nach Sommer.

Am nächsten Morgen kommt die CAROLINE S. – ein alter Frachter, den ein paar Rentner aus Svendborg wieder flottgemacht haben – auf die Insel und liefert Unmengen Bierfässer. Als ich mit meinem SUP an der CAROLINE S. vorbeipaddle, schauen alle auf mich runter und lachen wegen des Hundes, der vorne jaulend auf dem Board sitzt. Im Vorbeifahren rufe ich auf Dänisch zum Schiff hoch: „Entschuldigung, ist Kopenhagen in dieser Richtung?" Großes Gelächter und eine eiskalte Bierdose sind die Antwort. Den ganzen Tag bringt die Fähre nach und nach immer mehr Menschen auf die nur 28 Einwohner zählende Insel. Alle Besucher werden am Hafen von jungen Mädchen mit Küsschen begrüßt und bekommen rote Blumenbänder umgehängt. Die großen Wiesen verwandeln sich langsam zu Zeltplätzen. Etwa 1500 Besucher werden erwartet. Ich entscheide, mir erst mal nur ein Ticket für einen Tag zu besorgen. Danach segle ich in einen Hafen, von dem aus ich gut nach Deutschland zurückkomme. Denke ich. Denn ich habe ja noch was vor: Ich möchte in ein paar Tagen für eine Weile nach Hamburg fahren. Kathleen hat Urlaub, und ich möchte meinen zu Weihnachten geschenkten Segelkurs am Attersee in Österreich einlösen. Danach segeln wir dann DIGGER gemeinsam wieder zurück in die Schlei. So der Plan.

Die zwei Tage bis zum Festival verbringe ich viel mit Karsten. Wir sitzen philosophierend im Café in der Mitte des Dorfes. Die restliche Zeit paddle ich mit dem SUP zu einsamen Stränden und Ecken der Insel, die man sonst kaum erreicht. Dieses Paddelboard ist eigentlich ein tolles Beiboot für meinen kleinen Kahn. Und das Paddeln damit macht mir fürchterlich viel Spaß – wenn Polly nicht wäre. Polly liebt schwimmen. Und immer, wenn sie in einem Beiboot oder nun eben auf dem Board hockt, fiept sie zitternd in freudiger Erwartung aufs Planschen im Wasser. Dieses Fiepen ist jedoch nicht lange auszuhalten. Ich schubse sie dann genervt ins Wasser. Dann schwimmt sie neben mir her – so lange, bis sie mir leidtut. An dem Tragegriff der Weste ziehe ich sie wieder hoch und das Fiepen beginnt von vorne. Mehr als 20 Minuten halte ich dieses Spielchen nicht aus. Das machen meine Ohren nicht mit. Glücklicherweise ist die Insel klein und einsame Ecken schnell gefunden, sodass ich beim Erreichen der Nervenzusammenbruchsgrenze irgendwo anlege, um uns ein wenig Erholung zu gönnen. Obwohl es hier überall sehr schön ist, bin ich deshalb immer wieder froh, den Hafen wieder zu erreichen und an Bord zu sein.

Meine Nachbarn im Hafen kommen aus Fjellebroen. Bente, die Skipperin, bietet mir eine übrig gebliebene Eintrittskarte für das Festival an. Eigentlich wollte ich nur ein 1-Tages-Ticket kaufen, aber ihr Angebot ist so unschlagbar, dass ich nun alle drei Tage teilnehmen kann und werde. Ich habe ihrer Tochter in den letzten zwei Tagen öfter mal das Paddelboard geliehen, und deshalb macht Bente mir einen Freundschaftspreis. Am Abend beginnt der Spaß mit einer inoffiziellen Eröffnung – man trifft sich am Festivalplatz und verzehrt dort gemeinsam ein ganzes Schwein vom Grill. Weil ich im Cockpit einschlafe, komme ich erst 15 Minuten nach der mit Karsten vereinbarten Zeit an. Und finde ihn nicht. Erst einige Minuten später bemerke ich ihn winkend an einem Tisch zwischen zahlreichen älteren Damen. Auch ich werde von ihnen sofort an den Tisch gebeten. Sie hatten Karsten allein an einem Stehtisch bemerkt und ihn sofort zu sich geholt. Diese Herzlichkeit sollte sich in den nächsten drei Tagen fortsetzen und das Leitmotiv dieses einzigartigen Festivals werden. Lange bleiben wir an diesem heißen Abend dort oben auf dem Platz. Mal sitzen wir mit völlig fremden Menschen am Tisch, dann zwischen übenden Gitarristen im Gras, und dann wieder stehen wir biertrinkend an der Theke und lernen Dänen kennen. Am nächsten Morgen werden wir deshalb von einigen Besuchern bereits mit Umarmungen begrüßt.

Die ersten Konzerte beginnen bereits am Morgen. Vorher trifft man sich und nimmt das kostenlose, von einem Svendborger Bäcker gesponserte Frühstück zu sich: Brötchen und Erdbeermarmelade. Den weiteren Tag über pendeln wir zwischen Festival und Hafen. Auch an den Anlegern ist eine Menge los. Der Hafen ist pickepackevoll. Ich habe nur noch eine Vorleine am Steg. Die drei restlichen Festmacher sind inzwischen an anderen Booten befestigt, die sich in meine Box gequetscht haben. Von diesen Booten werde ich den gesamten Tag mit eiskalten Bierdosen versorgt. Alle paar Minuten höre ich ein „Stephan!", und kurz darauf fliegt ein Carlsberg von wildfremden Menschen in mein Cockpit. Polly ist mittlerweile der Star der Veranstaltung – auch weil sie ein rotes Blumenband trägt.
Bis spät in die Nacht höre ich das letzte Konzert des Tages. Und bin überwältigt von der unglaublichen Stimmung auf dieser Veranstaltung. Ich kenne Festivals eigentlich anders. Meistens wird zu später Stunde der Alkoholpegel höher und somit nehmen auch oft zwischenmenschliche Probleme zu. Hier gar nicht. Es gibt nicht mal Security, geschweige denn Polizei auf der Insel. Am Eingang werden noch nicht einmal die Bändchen am Arm kontrolliert. Hier mag jeder jeden – und jeder vertraut jedem. Einmal springt eine Dame auf mich zu, als ich durch den Einlasspavillon auf das Gelände gehe. Sie umarmt mich und sagt: „Es ist sooo toll, dass du hier bist. Du und dein Hund." Das ist mal eine Einlasskontrolle!

Überhaupt kenne ich bereits nach einem Tag so viele Menschen. Karsten geht es genauso. Ständig kommt jemand an, begrüßt einen, erzählt einen Witz oder drückt einem ein Bier in die Hand. Da wird mir richtig warm ums Herz. Spätabends wird das Ganze noch getoppt: Als ich noch ein letztes Bier kaufen will, bemerke ich, dass mir die Kronen ausgehen. An der Theke frage ich ein wunderhübsches Mädchen, das dort den ganzen Tag schon bedient, ob ich auch mit Euro zahlen kann, weil ich nicht mehr genug dänisches Geld habe. „Leider nicht", antwortet sie und schiebt gleich noch eine Frage hinterher: „Wie viele Kronen hast du denn noch?" Ich krame in meiner Tasche und hole eine 20-Kronen-Münze heraus. Genau halb so viel, wie ein Bier kostet. Als sie das sieht, lächelt sie mich an:

Skarø Love-In-Festival.

Überwätigend.

„Oh, das ist doch perfekt! Mir hat eben jemand 20 Kronen Tipp gegeben, ich lege sie dazu, und hier ist dein Bier. Hab Spaß!" Von so viel Herzlichkeit bin ich schlicht überwältigt. Den Namen „Love-In-Festival" trägt diese Veranstaltung völlig zu recht.

Karsten verlässt Skarø leider am zweiten Tag des Festivals. Er muss zurück nach Hamburg und sein Boot vorher noch nach Søby verholen. Wir haben uns in den gemeinsamen Tagen angefreundet, und ich finde es sehr schade, dass er nun weitermuss. Abends ruft er mich an: „Hör mal. Du musst doch auch nach Hamburg. Komm doch nach Søby rüber, von da fahren wir mit der Fähre nach Fynshav, und ich nehme dich dann mit dem Auto mit."
Eigentlich wollte ich nach dem Festival über den Kleinen Belt nach Deutschland segeln und von dort nach Hause. Aber für die nächsten Tage sind teilweise bis 8 Windstärken vorausgesagt. Deshalb spreche ich mit der Hafenmeisterin auf Skarø, ob ich DIGGER dort drei Wochen liegen lassen kann. Nachdem sie mir einen sehr fairen Preis nennt, sage ich Karsten zu: „Treffpunkt morgen entweder in Fynshav oder in Søby an der Fähre. Ich weiß noch nicht, wie ich rüberkomme."
Da der Wind bereits am Nachmittag stark aufbrist, bietet mir Bente an, ein Stück gemeinsam mit Fähre und Bus zu fahren. Sie muss arbeiten, und bei dem Wind will ihr Mann nicht einmal die vier Seemeilen rüber nach Fjellebroen segeln. Netterweise hat sie schon diverse Verbindungen für uns rausgesucht. Die schnellste und günstigste ist per Fähre nach Svendborg, dann mit dem Bus nach Fåborg, von dort mit einem anderen Bus nach Bøjden Bro und dann mit der Fähre rüber nach Fynshav. Die Hälfte des Weges will Bente mich begleiten und mir dabei helfen, noch einen Platz auf der ersten Fähre zu bekommen, die sicherlich hoffnungslos überfüllt sein wird. Mich wundert die Hilfe von Bente nicht mehr. Es ist hier wohl einfach so. An diesem dritten Tag breche ich meinen Bier-Rekord. Anders, der Skipper einer Motoryacht, versorgt mich durchgehend. Ich darf auch nicht Nein sagen. Das akzeptiert er nicht. Deshalb stelle ich einige Biere heimlich fast voll in den Niedergang. So viel kann man nicht trinken! Um 20 Uhr schaue ich mir noch ein Konzert an, ver-

abschiede mich von vielen Menschen und gehe zurück zum Boot. Erst da wird mir klar, dass ich DIGGER in einer echt heiklen Situation zurücklassen werde. Um mich herum sind alle völlig betrunken. Ich muss morgen früh für drei Wochen ein Boot verlassen, das nur an einer einzigen Leine hängt. Anders versichert mir allerdings, so lange zu warten, bis alle weg sind, und dann mein Boot ordentlich zu vertäuen. So ganz traue ich dem Braten nicht, denn ob er sich in seinem jetzigen Zustand später noch an sein Versprechen erinnern wird, halte ich für fraglich. Überwältigt von den vergangenen Tagen und auch etwas traurig, packe ich meine Tasche.

Hören Sie mal.   *Schauen Sie mal.*

Zwischenbilanz eines Einhandseglers.

Häfen besucht: vergessen, keinen Schimmer

Gesegelte Meilen: keine Ahnung – ist mir egal

Anlegemanöver versemmelt: 3

Dabei die Peinlichkeitsgrenze überschritten: 2

Patenthalsen: keine

Kurz davor: 5

Wende versemmelt: 2

Fockschot in Decksluke eingeklemmt: 2-mal

Leinen vertüdelt: Jeden Tag mindestens einmal irgendeine Leine

Schienbein irgendwo aufgeschlagen: 2-mal

Sonstige leichte Wunden: 4
- davon überflüssigste Wunden: Finger im Leatherman eingequetscht (Blutblase), Stirn am der Ecke eines Kabelbinders (Heckkorb) aufgerissen.

Sonnenbrände: 4
- davon blödester: Wade verbrannt, 6 Stunden lang
- davon Ganzkörperpersonnenbrand: 1

Gegrillt: mindestens über 30-mal

Essen gegangen: 1-mal

In Pollys Wassernapf getreten oder draufgesetzt: ca. 850-mal
    - davon im Boot auf den Polstern: 4-mal

Rotwein verschüttet: 3-mal
    - davon im Boot auf den Polstern: 1-mal

Milchtüten gekauft, die nicht wiederverschließbar sind: 2
    - davon in der Kühlbox trotz Tape ausgelaufen: 2

Sachen im Boot nicht wiedergefunden: 5
    - davon unerklärlich: 4
    - davon wiedergefunden: 1

Sachen, die ich letztes Jahr verlor und dieses Jahr wiederfand: 1

Äpfel vom Vorjahr unter der Kühlbox in der Backskiste gefunden: 1

Über Bord gegangene Gegenstände: 2
    - davon Schollen ohne Kopf: 1

Gedacht: „Ich müsste mal wieder duschen": 6-mal
    - davon zu Recht: 6-mal

Unterwegs gedacht: „Arschloch!": 3-mal
    - davon zu Recht: 2-mal

Auf dem Hafenklo gedacht: „Alter, mach mal hinne!": 3-mal

Duschgel vergessen: 4-mal

Duschgel gefunden: 2-mal

Auf fremden Booten gesessen: 7-mal
   - davon ziemlich blau das fremde Boot wieder verlassen: 1-mal

Mich gefragt, ob es zum Cobb-Grill die Musto-Evolution-Hose eigentlich im Paket dazugibt: ca. 1500-mal

Betrunkene Jugendliche, die Arschbomben um 4 Uhr morgens direkt an DIGGER machen: 1-mal

Mein Handtuch auf dem Grund des Hafenbeckens liegen sehen: 1-mal

Vom Mittelmeer geträumt: 0-mal

An Grönland gedacht: 37-mal

In Hundescheiße getreten, während ich Pollys Hundescheiße wegmache: 1-mal

Kaputte Hosen: 2 (eine lange Jeans, eine Shorts)

Verbleibende Hosen: 3

Davon Hosen in schlechtem Zustand: 1

Gedacht, dass Hosen knapp werden: seit einiger Zeit stündlich

Gedacht: „Ich sehe völlig verlottert aus.": 31-mal

Davon zu recht: 31-mal

Gedacht, dass das Leben ein Traum ist: ständig

Doppelte Trennung.

Bereits um 5 Uhr früh weckt mich Bente durch lautes Klopfen: „Wir müssen ganz früh am Fähranleger sein, damit wir vorne stehen." Ein letzter Blick auf DIGGER, dann bin ich auch schon vom Steg. Ganz wohl ist mir nicht.

An der Fähre treffen immer mehr Menschen ein. Teilweise sind sie in einem erbärmlichen Zustand. Ein einzigartiger Treff von verkaterten Besuchern, die teilweise fünf Tage in Zelten gehaust haben. Es ist ziemlich kalt, der Wind fegt uns fast vom Anleger. Ohne Bente hätte ich die erste Fähre niemals bekommen, denn ihr Tipp war Gold wert. Wir bekommen sogar noch einen Sitzplatz, während unten noch Hunderte abgewiesen werden. Die Fähre ist voll. Neben mir putzt sich eine junge Frau die Zähne, während sie raucht.

Kurz bevor die Fähre ablegt, schiebt sich ein winziges Motorboot mit Außenborder aus der Hafeneinfahrt in den gewaltigen Schwell. An Bord sind sechs Personen plus Gepäck plus Zelte. Bei diesen Bedingungen ist das Wahnsinn. Die Dänen aber sehen das wohl nicht so wild. Eine blonde Frau kniet hinten in dem kleinen Bötchen, lächelt zu uns hoch und bekreuzigt sich. Lautes Juchzen, Lachen und Rufen von der Fähre und den Stegen ist die Antwort. Dann legen auch wir ab. Lange schaue ich zurück auf den Hafen. Eine Trennung auf Zeit vom Bordleben. Mit einem Mal wird mir bewusst, dass meine Einhandreise hier vorbei ist. Wenn ich wiederkomme, ist Kathleen dabei.

Rund zwei Stunden später begrüße ich Karsten, der ein paar Minuten nach mir in Fynshav eintrifft. Er ist am Abend vorher nicht nach Søby gesegelt, sondern wollte noch vor Ærøskøbing ankern. Karsten sieht schrecklich aus. Er war früh am Morgen aufgebrochen, um die nur sechs Seemeilen zum Heimathafen zu segeln. Nach dem Lichten des

Ankers ist er vom Wind sofort auf Schiet gedrückt worden. Und er kam nur raus, indem er ins Wasser sprang und sein Folke ins Tiefe schob. Da der Wind nördlicher als gedacht einfiel, wurde seine Fahrt auch nicht wie erwartet von der Insel Ærø abgedeckt, sondern er bekam an diesem frühen Morgen richtig einen auf die Mütze. Zu allem Überfluss brach vorm Anlegen auch noch ein Stück Holz aus dem Keder am Masttopp, sodass das Segel oben festklemmte und er es nicht richtig bergen konnte. Karsten ist also richtig bedient. Auch weil seine Segelzeit nun vorbei ist. „Du Glücklicher! Jetzt schön nach Österreich segeln gehen und dann wieder nach Skarø", sagt er zum Abschied in Hamburg.

Karstens etwas neidvolle Aussage trifft aber nur zur Hälfte zu. Denn nur drei Tage später ist der Trip nach Österreich gestorben. Kathleen und ich trennen uns. In den vergangenen Wochen hat sie sich sehr viele Gedanken um unsere gemeinsame Lebensplanung gemacht. Da ich andere Vorstellungen habe als sie, merken wir, dass wir keine Übereinkunft treffen können. Kathleen ist mit 31 Jahren 15 Jahre jünger als ich. Und diesen Altersunterschied bekommen wir nach 18 Monaten Beziehung nun beide zu spüren. Es geht nicht weiter mit uns. Sie will Familie, ich segeln. Ich will ihrer Lebensplanung auch keine Steine in den Weg legen. Und so ziehen wir ab sofort traurig nicht mehr miteinander durchs Leben, sondern jeder für sich allein.

Danach liege ich ein paar Tage in meiner Wohnung herum. Mir geht es nicht gut. Zum einen ertrage ich den Stadtlärm nicht, zum anderen macht mir die Trennung zu schaffen. Erst der bereits beschriebene Abend mit meinen Freunden und die guten Gespräche holen mich aus diesem Zustand heraus. Bereits am nächsten Tag frage ich bei Facebook nach einer Mitfahrgelegenheit zu einem Fährhafen in Dänemark. Ich will zurück zu DIGGER.

Diese öffentliche Frage hat jedoch fatale Folgen. Ich hatte vor, weder auf dem Blog noch auf Facebook über unsere Trennung zu schreiben. Auch Kathleen fand, dass das eine gute Idee sei. Allerdings löste ich mit der Frage große Verwirrung aus und bekam unglaublich viele Nachrichten und Mails. Warum wir denn nun nicht nach Österreich führen? Was denn los sei? So'n Zeug halt. Deshalb verfasse ich eine - ich nenne es in der Überschrift so - Boulevardpresse-Mitteilung. Ich informiere Kathleen darüber und lösche die Meldung nach 24 Stunden wieder. Danach bekomme ich nie wieder eine Frage. Mir wird an diesem Tage aber zu ersten Mal klar, dass ich bei den mehreren Tausend Lesern am Tag erheblich weniger Privatsphäre habe, als ich dachte.

Traditioneller Transfer.

Als die Nachricht von Andreas mich über Facebook erreicht, bin ich zu ersten Mal seit Tagen richtig froh: „Moin Stephan. Ich wollte in den kommenden Tagen in die Dänische Südsee. Sollen wir nicht zusammen mit der CORNISH MAID nach Skarø segeln?" Was für eine großartige Aussicht! Mit einem alten englischen Krebsfischerboot zurück zu DIGGER. Es geht kaum besser, zumal das Wetter noch immer einen auf Hochsommer macht.

Ein paar Tage später legen wir in Schleswig ab. Wir wollen an diesem Tag bis Kappeln und dort auf passenden Wind warten, der uns dann nach Marstal bringt. Unser Vorhaben klappt nicht. Nach drei Seemeilen zickt der Motor, dreht nicht mehr hoch, geht immer aus. Da uns das zu unsicher ist, legen wir in Brodersby an. Wir vermuten, dass etwas in der Schraube sein muss, denn im Rückwärtsgang dreht die Maschine völlig normal. Als die CORNISH MAID in den Gurten des Krans hängt, ist der Verdacht jedoch hinfällig: Der Propeller ist frei. Erst nach längerer Suche bemerkt Andreas, dass

Tradition – bei alten Schiffen nicht altbacken, sondern Liebesbeweis.

Luft im System ist. Nach der Entlüftung schnurrt der Diesel wieder wie ein Kätzchen. So kommen wir erst einen Tag später in Kappeln an. Wegen des starken Ostwinds bleiben wir am nächsten Tag noch dort und legen erst am folgenden Morgen bei strahlendem Himmel und 2 Beaufort ab. Das frühe Ablegen beschert uns eine wundervolle Überfahrt auf dem alten Traditionskutter, schon abends erreichen wir den nicht weniger traditionellen Seemannshafen von Marstal. Am nächsten Morgen freue ich mich beim Leinen losswerfen auf DIGGER. Ich habe ihn sehr vermisst, das Leben an Bord, die Ruhe, die Stille und die Einsamkeit. Hamburg war für mich in den vergangenen Tagen nicht zu ertragen. Selbst auf der CORNISH MAID fühlte ich mich einige Tage zuvor in Schleswig mehr „zu Hause".

Auf der Fahrt nach Skarø kann ich dann noch mal den Unterschied sehen, ob ein Schiff hochseetauglich ist oder nicht. Kurz hinter Birkholm erwischt uns am Ausgang der Fahrrinne ein heftiges Gewitter mit starken Böen. Innerhalb von Minuten verwandelt sich das „geschützte" Gewässer in eine ungemütliche See mit fliegendem Wasser von oben und unten. Dem Krabbenfänger jedoch macht das nichts aus. Die Pinne in meiner Hand liegt ruhig und das Boot nimmt die steilen, kurzen Wellen ohne Probleme. „Jetzt auf DIGGER – da wäre meine Grenze schon wieder überschritten", lächle ich Andreas an. Die Varianta 18 ist nur etwas mehr als eine Jolle – das wird mir hier wieder bewusst. Und ich werde auch in Zukunft lieber im Hafen bleiben, wenn so ein Wetter angesagt ist.

Ein paar Stunden später sehe ich bereits hinter der Hafeneinfahrt eine schwarze Vorsegelpersenning: Das ist mein Boot! Wie ein Kind vor der Bescherung an Heiligabend fühle ich mich. Ich kann es nicht mehr erwarten. Ich bin aber nicht nur aus Freude unruhig – ich bin auch etwas besorgt. Hoffentlich ist alles gut gegangen und das Boot noch heile und innen trocken. In den letzten Tagen während meiner Abwesenheit war hier Hauptsaison, und man weiß nie, was an einem verlassenen Boot alles passieren kann. Doch kaum dass ich endlich auf meinem geliebten Kahn stehe, lösen sich all meine Sorgen in Luft auf – es ist alles in Ordnung. Im Bootsinneren finde ich sogar eine Postkarte mit Grüßen vom Redakteur Tom Stender, der vor einigen Tagen hier war und neben DIGGER lag. Außerdem hatte ein Leser meines Blogs zwischendurch mal die Leinen kontrolliert und neu gespannt, als er hier vorbeikam.

Skarø gehört zur Kommune Svendborg und wird somit auch vom Svendborger Hafen verwaltet. Ich hatte während meiner Zeit in Hamburg per Überweisung den Liegeplatz bezahlt und eine Bestätigung darüber bekommen. Diese nahm ich als Ausdruck mit, um sie der Hafenmeisterin auf der Insel zu zeigen. Als sie kurze Zeit später am Boot steht, sage ich ihr, dass sie bitte warten möge. Ich wolle nur kurz im Boot die Bestätigung suchen. Ihre Antwort: „Wenn du sagst, du hast bezahlt, dann hast du bezahlt. Ich brauche keine Bestätigung." Vertrauen scheint hier die Basis allen Daseins zu sein. Wie schön ist das denn!

Die erste Nacht ist seltsam. Nach einem ausgiebigen Grillabend mit Andreas liege ich noch lange wach. Eigentlich sollte jetzt Kathleen bei mir, Polly und DIGGER sein. Über diesen Gedanken komme ich ins Grübeln und beginne, in einer Endlosschleife in Spiralen zu denken. Bis zum Morgengrauen liege ich dort. Froh und traurig zugleich. Und ahne nicht, dass hier auf der Insel bereits jemand auf mich wartet, der meine Trennungstrauer etwas mildern wird.

Schauen Sie mal.

Delphine.

Ich liebe Schweinswalbegegnungen. Immer, wenn diese Tiere mich ein Stück begleiten, macht mich das glücklich. Im Winter habe ich mir auf Youtube viele Videos angesehen. Teilweise von Blauwasserseglern, die Begegnungen mit Delfinen haben. Jedes Mal habe ich mich gefragt, wann ich wohl mal einen Delfin an meinem Boot sehe. Es sollte gleich hier passieren, wenn auch anders, als gedacht.

Am kommenden Morgen gehe ich nach dem Frühstück mit Andreas zu dem großen Hof in der Mitte des Dorfes. Dort kann man Lebensmittel kaufen, Eis essen, Geld wechseln, Brot und Brötchen bestellen. Da ich keine Lebensmittel mehr an Bord habe, muss ich auch Getränke, Käse, Wurst und Obst besorgen. Bei dieser Gelegenheit lade ich Andreas auf ein Eis und eine Kanne Kaffee ein. Martin und seine Frau kenne ich ja bereits. Während der wunderbaren Festivaltage zuvor war ich oft hier. Auch, weil der Besitzer einem den Zugang zum WLAN gestattet. Scheint auf dänischen Inseln fast üblich zu sein.
An diesem Tag erblicke ich zwei neue Gesichter - und zwar zwei sehr hübsche. Zunächst denke ich von Weitem, dass die beiden Mädels zur Familie gehören. Als ich aber zum Bezahlen in den Laden gehe und die zwei mein Dänisch nicht verstehen, verwerfe ich den Gedanken wieder. Wir unterhalten uns auf Englisch. Eines der beiden Mädels spricht sehr gut, mit französischem Akzent. Sie erklärt mir, dass sie für vier Wochen hier auf dem Hof helfen und dafür auf der Insel umsonst Urlaub machen können. Sie kommen aus Paris und sind Cousinen. Delphine und Myriam. Ich erzähle ihnen, dass ich mit dem Boot da bin. Ein typischer Small Talk. Den Rest des Tages verbringen Andreas und ich auf der Insel und auf unseren Booten. Abends wird erneut gegrillt. Ans Ablegen am folgenden Tag ist nicht zu denken: Für die kommende Zeit sind wieder 7 bis 8 Beaufort angesagt. Zu viel für mich. Selbst Andreas will bei dem Hack nicht raus.

Als ich am nächsten Morgen wieder zum Laden gehe, fragt mich Delphine, wo denn mein Boot liegt. Und ob mich beide am Abend besuchen kommen könnten. Also lade ich die zwei schönen Französinnen auf ein Glas Wein an Bord ein. Ich vergesse, es Andreas zu erzählen. Auch weil er am Abend schon um 20 Uhr müde ist und schlafen geht. Für den nächsten Starkwindtag beschließen wir, mit der Fähre nach Svendborg zu fahren und dort einzukaufen. Um 21 Uhr klopft es am Bugkorb, und ich habe das erste Mal in der Geschichte meines Bootes zwei fremde Mädels an Bord. Und dann auch noch aus Paris.

Die beiden sind sehr überrascht über DIGGER. Sie hatten ein etwas anderes Boot erwartet. Als sie mich oben sahen, haben sie über mich geredet. Sie wohnen beide mitten in Paris und freuen sich schon die ganze Zeit, dass sie auf so einer Insel auch mal dänische Fischer treffen. Da man mir wohl meinen bereits monatelangen Aufenthalt an Bord ansah, hielten sie mich für einen solchen. Zu meiner Freude sogar für einen „jungen, dänischen Fischer. So Anfang 30." Wir sitzen lange dort. Myriam geht um ca. 1 Uhr von Bord, Delphine erst morgens um 4 Uhr. Wir reden viel, liegen im warmen Cockpit und zählen die zahlreichen Sternschnuppen an diesem Abend. Ich denke mir bei diesem Treffen gar nichts. Auch wenn es schon recht ungewöhnlich war und einen sehr romantischen Einschlag hatte. Mit ihren rund 20 Jahren kam mir aber zu diesem Zeitpunkt keine andere Idee in den Sinn.

Am folgenden Morgen weckt mich Andreas mit einem beherzten Sprung an Bord bereits um 7 Uhr. Als pensionierter Marinekapitän hat er einen sehr wirksamen Weckstil: „Moin, Digger. Aufstehen, fertigmachen!"

Nach Frühstück und Dusche drehe ich zunächst eine Runde im Hafen und klopfe an jedes Schiff. Da hier alle eingeweiht sind, fragen wir unsere Mitlieger, ob wir aus der Stadt Sachen mitbringen sollen. Und tatsächlich wird von Grillkohle über Obst und Fleisch alles Mögliche bestellt. Dann legen Andreas, Polly und ich, beladen mit Einkaufszettel und Rucksäcken, mit der Fähre ab.

„Sag mal ... so viele Menschen treffe ich ja nicht mal zu Hause in Schleswig." Andreas ist verwundert, als wir im Supermarkt ankommen. Bereits in der Stadt traf ich die hübsche Trine und später noch einen Dänen, dessen Namen mir nicht einfiel. Beide hatte ich auf dem Festival kennengelernt. Im großen Føtex-Markt begegne ich dann weiteren Bekanntschaften. Diese Wiedersehen sind sehr herzlich. „Ich glaube, ich muss auch mal auf dieses Festival", murmelt Andreas lachend.
„Hol dir aber vorher so 'nen Hund wie Polly, dann klappt das mit den Bekanntschaften viel besser", flachse ich zurück.
„Arsch!" Andreas schaut mich halb böse, halb belustigt an.

Zurück auf Skarø, verteilen wir zunächst die Mitbringsel - oder, wie wir es nennen: Hilfslieferungen. Danach kochen wir an Bord der CORNISH MAID Pestonudeln. Zwei Gläser Wein später gehe ich zu mir an Bord, um zu schlafen. Ich bin müde von der Nacht zuvor. Gerade als ich mich ins Cockpit setze, klopft es. Es ist Delphine. Dieses Mal allein. „Hi, Stephan - can I come on board for a glass of wine?"

Am nächsten Morgen werde ich wieder wie bei der Marine geweckt. Ein lautes RUMMS und ein nachfolgendes „Aufstehen!" Andreas ist an Bord gehüpft. Ich öffne die Persennig des Niedergangs und stecke meinen Kopf heraus. „Wollen wir gleich frühstücken?", fragt mich der Kapitän zur See Ostermann.
Müde schaue ich ihn an: „Du, gibst du mir noch eine Stunde? Ich ... ähh. Ich habe noch Besuch."
„Was? Wer?" Andreas schaut wie ein Dackel.
Ich flüstere: „Ähem, ... Eisladen."
Meine Antwort löst noch mehr Verwunderung aus: „Wie kommt die denn hierher?"

Beim Frühstück erkläre ich es Andreas, der ungläubig schaut. Er hatte das alles überhaupt nicht mitbekommen. Es gab ja auch nur diese eine Unterhaltung, im Laden und da wartete er draußen.
„Mannomann, Stephan. Na ... hübsch ist sie ja."

Einkaufstour nach Svendborg:
Auf dem Hinweg muss ich lediglich Polly tragen.

Da der Wind am kommenden Tag nachlassen soll, schlägt Andreas vor, gemeinsam nach Ærøskøbing zu segeln. Er hatte meine Geschichte von den abgebauten Automaten gehört und will deshalb dort auch mal wieder hin. Ich erkläre ihm, dass ich nicht mitkomme. In der Nacht noch habe ich Delphine versprochen, bis zum kommenden Samstag zu bleiben und mit ihr die freie Zeit und die Nächte zu verbringen. Andreas zeigt mit einem sehr speziellen Lächeln sein Verständnis. Wir besprechen, uns nach meinem Ablegen am Samstag danach irgendwo wieder zu treffen. Als Andreas am nächsten Morgen ablegt, verabschiede ich ihn mit einem Auftrag, den ich seit Wochen jedem mitgebe, der nach Ærøskøbing fährt: „Grüß mal bitte den Hafenmeister von mir."

Mittags kommt überraschenderweise ein Segelboot in den Hafen. Eigentlich ist bei diesem Wind nichts los. Aber Michael, Katja und ihr kleiner Sohn Oliver sind auf ihrer schönen Luffe 37 aus dem recht ruhigen Svendborg losgefahren. Im Sund ging es noch, danach wurde es so ruppig, dass sie nach Skarø gekommen sind. Kein Wunder, dies ist der erste erreichbare Hafen, wenn man aus dem Sund läuft. Die drei sind aus Hamburg und machen Elternzeit. Sie parken direkt neben mir. Abends sitzen Michael und ich auf unseren Booten. Wir trinken ein Bier und unterhalten uns von Schiff zu Schiffchen. Bis es klopft. Delphine. Michael schaut ziemlich verwundert, hatte er sie doch bereits oben im Café gesehen. Ihm hat sich nicht gleich erschlossen, was sie bei mir an Bord will. Als wir jedoch direkt ins Boot gehen, lächelt er und geht ebenfalls.

Romanzen, vor allem so eine, helfen, über Exfreundinnen wegzukommen. Bevor aus dieser Romanze jedoch mehr wird, als ich will, verlasse ich die Insel wieder. Meine Delphine versprochenen Tage bleibe ich noch. Aber bereits am Samstag lege ich ab. Mit Andreas bespreche ich via Facebook das Ziel: Fåborg. Ich muss mal wieder nach der ganzen Zeit in einen Hafen mit guter Versorgung fahren. Katja und Michael wollen auch hin, und so verabreden wir uns alle zum gemeinsamen Grillen am Abend. Da mein Abschied mit Delphine etwas länger dauert, lege ich erst zwei Stunden nach ihnen ab.

Mit einem lachenden und einem weinenden Auge. Was für ein unglaublicher Sommer!

In den vergangenen Tagen war es sehr windig, aber immer mit klarem Himmel. Heute ist es bewölkt, und es weht ein 3er-Wind aus der Richtung, in die ich will. Die Luffe ist schon längst nicht mehr

zu sehen. Die kreuzt bei der kleinen Hackwelle ganz locker, ohne sie zu bemerken. Bei mir ist das anders. Durch die vergangenen Tage ist eine komische See unterwegs. Jedenfalls auf meinem Boot. Die Wellen stoppen die kleine Varianta immer wieder auf, sodass ich nicht viel Höhe laufen kann. Meine Kreuzschläge erstrecken sich von Ballen bis vor die Einfahrt von Korshavn auf Avernakø. Als ich kurz vor Korshavn bin, verspüre ich große Lust, dort anzulegen. Die Verabredung kann ich sausen lassen, das wäre kein Problem. Ein anderes Gefühl aber lässt mich dann doch Richtung Fåborg laufen: Hunger. Meine Backskiste ist leer. Der Kaufmann auf der Insel vor mir weit vom Hafen entfernt. Ich habe nichts mehr zu trinken und zu essen an Bord. Fåborg erscheint mir an diesem Tage wie das Schlaraffenland. Es ist mittlerweile lange her, dass DIGGER in einem Hafen lag, in dessen Nähe sich gut sortierte Supermärkte befinden, und diese Aussicht lässt mir das Wasser im Mund zusammenlaufen. Auch eine anrauschende Front mit Regen wie aus Kübeln und Flaute hält mich nicht ab. Ich motore die letzten zwei Seemeilen bis in den Yachthafen. Sofort nach dem Anlegen springe ich von Bord und laufe zum Fischimbiss am Handelshafen, wo ich über eine Räucherfischplatte und ein großes Bier herfalle. Willkommen in der Zivilisation.

Andreas treffe ich etwas später im Yachthafen wieder. Katja und Michael hatte ich bereits am Stadthafen gesehen, sie verholen die Luffe in den neu angelegten Vorhafen an der Marina. Es wird ein sehr langer und schöner Grillabend. Wir alle wollen am nächsten Tag nicht weiter. Es ist schon wieder Starkwind angesagt, und darauf hat niemand Lust. Ich genieße den Einkauf im Rema-Markt und versorge mich mit so wichtigen Dingen wie Getränken, Obst, Milch, Butter und so weiter. Meine Küchenkiste quillt danach fast über. Ich komme mir vor wie ein Dschungelbewohner, der zum ersten Mal in seinem Leben so viele Lebensmittel in Hülle und Fülle sieht.
In der zweiten Nacht erreicht mich eine SMS. „Think of you, where are you? Bisou, Delphine." Wie es bei Urlaubsromanzen ist: Ich werde noch einige Monate mit ihr Kontakt haben, aber dann schläft er langsam ein. Es ist gut so.

Hören Sie mal.

Rekord im Langsamfahren.

Gitarre spielen mitten auf dem Kleinen Belt hat was. Ich habe meine E-Gitarre ans iPad angeschlossen, dort einen ziemlich schreddeligen Amp ausgesucht, und von dort geht's in das Autoradio, das voll aufgedreht ist. Etwa zwei Stunden spiele ich – zwischen Lyø und Fynshavn. Denn mitten auf dem Kleinen Belt schläft der Wind ein. Die 37er Luffe ist etwas hinter mir, Andreas noch weiter weg. Ich hatte ihn, als noch Wind war, stehen lassen. Nun motoren wir

in einem Treck zu meinem lieb gewonnenen Fährhafen auf Als. Unser Ziel: wieder zusammen grillen. Andreas und ich wollen am nächsten Tag weiter Richtung Süden. Die Familie aus Hamburg hat noch einen Monat und möchte auf jeden Fall noch Richtung Dyvig. Ich könnte auch noch weiter. Aber ich habe verinnerlicht, auf der Rückreise zu sein. Und so mache ich mich so langsam auf den Heimweg.

Die Luffe legt bereits früh ab, wir frühstücken noch ausgiebig und besprechen dabei, wohin wir segeln. Andreas schlägt Langballig vor. Ich bin aber kein echter Freund der Förde, und Deutschland kommt mir jetzt zu plötzlich. Mein Vorschlag: Mommark. Ich will sehen, wie der Hafen nach der Fertigstellung aussieht. Andreas war noch nie dort. Er hat jedoch einen Einwand: „Dorthin sind es nur fünf Seemeilen. Bei dem Vorwindkurs sind wir ja in einer Stunde dort. Bei dem schönen Wetter würde ich eigentlich gern länger segeln." Ich überlege kurz und mache dann einen Vorschlag: „Dann lass uns doch langsam segeln und auf der Bremse stehen. Ich rolle nur die Fock zur Hälfte aus." Andreas als echter Seemann muss erst mal überlegen, was ich da für einen Unsinn rede. Ich glaube, meine Idee der Segeltechnik gefällt ihm nicht, aber ich beschnacke ihn so lange von der Schönheit des alten Fischereihafens, bis er sich dann auch für Mommark entscheidet.

Nach dem Ablegen mache ich gleich hinter der Hafenausfahrt den Motor aus. Und sehe Andreas, der kurz vor mir abgelegt hatte, nur unter der kleinen Fock vor sich hin dümpeln. Mit meinem Mini-Lappen bin ich jedoch mit dem leichten Boot schneller und überhole ihn in nur einigen Zentimetern Entfernung: „Ist doch herrlich entspannt so, oder?" Dazu nimmt der Wind immer weiter ab, sodass selbst meine Logge nichts mehr anzeigt. Auf dem Plotter beginnt das Boot, sich um die eigene Achse zu drehen. Ein Zeichen, dass wir unter einem Knoten Fahrt machen. Es ist ein bisschen ein Déjà-vu vom Anfang der Reise, als ich in die Dyvig fuhr: Ich hocke entspannt im Cockpit und schaue mir die langsam vorbeiziehende Küste der Insel Als an. Was für ein herrlich langsames Segeln! Stunde um Stunde vergeht so. Bis ich eine halbe Meile vor den beiden Tonnen, die einen zum Hafen führen, den Jockel anwerfe. Da Andreas mit seinem langen Klüverbaum immer etwas mehr Arbeit beim Anlegen hat, will ich seine Leinen annehmen, wenn er reinkommt. Etwas später hängt er am Schwimmsteg fest und springt von Bord. „Und? Wie war es?", frage ich ihn. „Super – ein paar Stunden auf See. Wie weit, ist doch egal – du hattest recht."

Im Hafen kann ich mit Andreas' Hilfe nun endlich auch den Grund des Geräusches orten, welches mir seit Wochen auf den Wecker geht: Der obere Beschlag des Kickers fängt bei dichtgeholtem Niederholer oder dichtgesetzter Großschot an zu knarzen. An diese Stelle habe ich bisher nicht gedacht. Es ist ein schnöder Bolzen. Ein wenig Fett dran – weg. Hätte ich das mal früher gefunden!

Abends kochen wir an einem der Holztische an Land. Andreas ist völlig begeistert von Mommark. Auch er bemerkt diese besondere Atmosphäre und macht deshalb einen Vorschlag: „Sag mal, wollen wir morgen nicht einfach einen Tag hierbleiben und erst übermorgen zurück nach Kappeln? Es ist so schön hier, und ich würde gern noch bleiben." Abgemacht – wir bleiben. Ich bin froh darüber, so kann ich in Ruhe Abschied von Dänemark und diesem Traumrevier nehmen.

Nach dem Essen fällt mir noch etwas ein: Ich frage ihn, ob er eigentlich den Hafenmeister in Ærøskøbing gegrüßt hat. Andreas lacht: „Das war so lustig. Er kam irgendwann, klopfte an meinen Klüverbaum. Ich ging nach vorn. Er nennt mir den Preis. Während ich in der Geldbörse rumkrame, sage ich zu ihm: ‚Ach ... ich soll dich grüßen.' Da fällt er fast in sich zusammen, lächelt und murmelt: ‚Von DIGGER, oder?' Meine Frage, wie er das erraten hat, kontert er sofort: ‚Du bist der Vierte heute.' – Wir haben sehr gelacht." Der Hafenmeister sei allerdings auch etwas traurig gewesen, dass ich dieses Jahr nicht mehr komme.

Ich bitte alle Leser dieses Buches, in Zukunft immer den Hafenmeister in Ærøskøbing von Digger zur grüßen. Ein Running Gag für die Südsee.

Mommark verabschiedet mich auf typisch dänische Art: lustig. Zunächst hatte ich am Vorabend Brötchen bestellt. Für die Bestellung benötigt der Hafenmeister den Schiffsnamen. Am Morgen gehe ich in der früh ins Hafengebäude, wo ein Korb mit den ganzen Brottüten steht. Mittendrin lacht mich eine Tüte an, auf der Fett: „Dicker" steht. Ein wenig später gehe ich noch mal zum Kiosk, um meine letzten Münzen loszuwerden. Auf meine Frage, was eine Flasche Cola Light kostet, weil ich ja meine letzten elf Kronen loswerden will, antwortet der Hafenmeister: „Dasss issst ein Zufall! Eine Flassse kostet genau 11 Kronen!" In Wirklichkeit ist der Preis etwa dreimal so hoch.

Stunden später erreichen wir am Nachmittag die Schleimündung. Die Einfahrt bis in den Fjord kam mir noch nie so lang vor. Ich drehe mich immer wieder um. Versuche, noch ein Stück einer der schönen Inseln zu sehen. Seit drei Stunden bin ich wieder in deutschen Gewässern. Und wie auch im vergangenen Jahr, wird mir klar, dass die Reise nun wirklich zu Ende ist. Ich bin aber im Gegensatz zu 2012 gar nicht traurig. Drei Monate liegen hinter mir. Ein Vierteljahr, in dem ich so tief wie noch nie in dieses Revier eingetaucht bin. Nie zuvor habe ich auf einer Reise so viele Menschen kennengelernt. Ich nehme einen ganzen Sack von Eindrücken mit heim. Von Gesprächen, von Einladungen: „Wenn du mal bei uns vorbeikommst, besuche uns doch bitte zum Essen." Die Südsee ist in diesem Sommer so etwas wie meine neue Segelheimat geworden. Ich wusste vor der Reise nicht, wo es mich hinverschlägt. Nun liegen rund zwölf Wochen und nur 500 Seemeilen in meinem Kielwasser. Aber meine Reise fühlt sich so verdammt weit weg an. Und so verdammt schön. Deshalb bin ich nicht traurig, diese Tour zu beenden, sondern froh, sie überhaupt gemacht zu haben. Diesen Sommer kann mir keiner mehr nehmen. Den habe ich für immer.

In Kappeln gehen wir im ASC Restaurant noch zum Abschluss Currywurst essen. Und am nächsten Morgen legen DIGGER und die CORNISH MAID gemeinsam ab. Ziel: Schleswig. Wieder haben wir den Wind von achtern. Und auch dieses Mal ziehe ich nur die Fock. Der Tag auf der Schlei soll noch ein wenig andauern. Unterwegs entscheidet Andreas, nicht in seine Heimatbox im Stadthafen zu fahren, sondern mit zu mir an den Steg bei Renz zu kommen. Wir wollen gemeinsam Abschied feiern. Der Wind nimmt unterwegs immer mehr zu, sodass ich Norbert Renz vorsichtshalber telefonisch frage, ob ich eine Box nehmen kann, bei der mein Bug im Wind und im Schwell liegt. Der Hafen ist ungeschützt, da ist das Liegen mit der Nase im Wind wesentlich angenehmer. Als ich ankomme, steht schon ein Empfangskomitee am Steg. Gitta, Sven und Diana aus der Segelmacherei. Dazu Norbert.

Geht's schöner?

Sie winken mich in eine freie Box, und ich sehe schon von Weitem, dass sie bunt dekoriert ist. HERZLICH WILLKOMMEN, DIGGER. Dazu hängen an einer Leine vier Bierflaschen im Wasser. Was für ein Empfang! Als ob ich eine Weltreise gemacht hätte. Und irgendwie fühle ich mich auch so. Ich bin aufgebrochen wie ein Entdecker. Und nun bin ich zurück. Und habe wie einst Kolumbus etwas entdeckt: mein Glück.

Hören Sie mal.

Einmal ist keinmal. Zweimal macht alles anders. Auswirkungen.

Als ich 2012 zu einer viermonatigen Reise auf See aufbrach, war das als einmaliges Vorhaben gedacht. Dieser Törn hat jedoch vieles verändert. Und zwar nachhaltig. Ich hätte wieder in den ganz normalen Alltag zurückkehren können. Jedes Jahr dann zwei bis drei Wochen Sommerurlaub auf dem Boot verbringen und ab und zu mal an den Wochenenden segeln gehen. Denkste.

Diese Tour hat Auswirkungen gezeigt: Das Reduzieren ist vom Boot an Land übergeschwappt. Ein kleines Boot als Auslöser, vieles zu ändern. Selbst heute – eineinhalb Jahre nach dieser Tour – trenne ich mich noch immer von unnützem Zeug. Dadurch gewinne ich große Freiräume. Und Zeit, segeln zu gehen. Im Oktober 2012 keimte in mir daher bereits die Gewissheit, auch 2013 längere Zeit auf See zu verbringen. Und das hat noch einmal alles anders gemacht. Denn nun ist das Ganze kein einmaliges Vorhaben mehr; das zweite Mal war eine Bestätigung und gleichzeitig eine Entscheidung: Ich mache so weiter.

Was kommt in Zukunft? Ich weiß es nicht. Jedenfalls nicht genau. Ich weiß nur eines: 2014 werde ich wieder ohne Plan auf die Ostsee gehen. Sicherlich wieder drei bis vier Monate. Der Sommer auf dem Boot ist ein fester Bestandteil meiner Lebensplanung geworden. Ich bemerke jedoch mittlerweile, dass mir das fast nicht mehr reicht. Diese Zeit auf dem Meer kann süchtig machen. Diese Freiheit, Unabhängigkeit, Einfachheit zusammen mit viel Natur – sie lassen mich nicht mehr los.

Einfach und gut.

Ich warne jeden, mal länger auf See zu sein. Es packt einen. Und es wird für manche so schwierig werden wie für mich, sich wieder ins normale Leben einzureihen. Mir jedenfalls geht es so. Nicht, dass ich mich zu Hause unwohlfühle. Im Gegenteil. Aber mir fehlt etwas. Wenn ich morgens bei offenem Fenster die Möwen höre, bekomme ich Sehnsucht. Nach dem Meer.
Seit ich vom Ostseeroulette zurück bin, war ich noch ein paar Mal am Meer. An Nord- und Ostsee. Es ist jedoch etwas anderes, nur am Strand zu stehen. Ich will rauf aufs Wasser. Mit ihm leben. Da hinter mir an Land warten Termine. Und wenn es nur der Zeitrahmen ist, in dem man im Hotel frühstücken kann.

Nach der Tour habe ich viel gegrübelt, wie es weitergehen soll. Aber ich lerne. Und so habe ich auch von diesem Törn viel mitgenommen. Zum Beispiel, dass ich gar nichts planen muss. Aus Roulettesegeln wird Rouletteleben. Und mir passieren Dinge, die dieses Denken unterstützen. So habe ich nach meiner Rückkehr ehrenamtlich für die Hamburger Obdachlosenorganisation „Hinz und Kunzt" einen Film produziert (siehe QR-Code). Bei diesem Projekt durfte ich etwa 35 obdachlose Verkäufer der Straßenzeitung interviewen. Und ich habe dabei viele Geschichten erfahren, die weitab von den Ebenen stattfinden, die ich sonst so mitbekomme. Auch dadurch lerne ich. Unter anderem, dass ich mit echten Luxusproblemen zu kämpfen habe. Und dass es immer anders kommen kann, als man denkt, als man plant. Deshalb mache ich nur eines: Ich halte mich an ein Zitat von Erich Kästner, das mittlerweile mein Lebensmotto geworden ist:

„Es gibt nichts Gutes, außer man tut es."

Hören Sie mal.

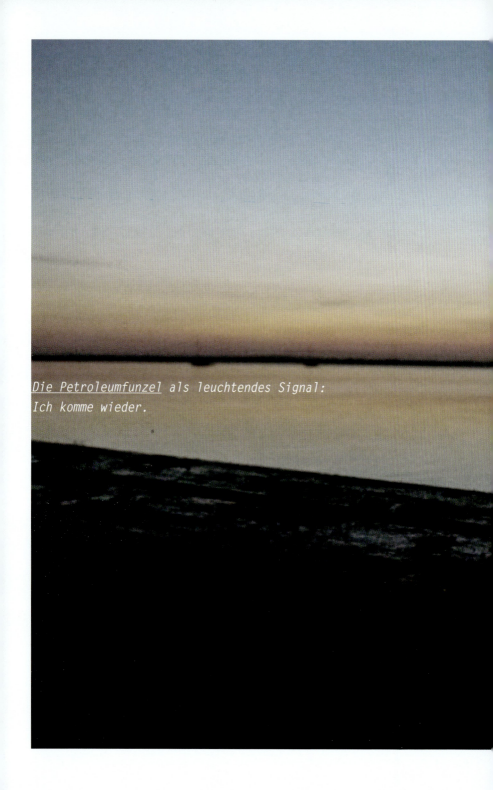

DANKE EUCH.

Christian Frank
Kathleen Kühnel
Andreas Ostermann
Birgit Radebold (für deinen Support)
Sven, Gitta und Diana (Frog Sails)
Claudia und Norbert Renz (Renz Yachting)
Stefan „Bolle" Bolz (Neptune Sail)
Andreas John und Carsten Kemmling (Segelreporter)
Fridtjof Gunkel (Yacht)
Andreas Zill (Lee Sails)
Benjamin Bernhardt (Secumar)
Nadja Kneissler (für deine Ratschläge)
Frank Pedersen (für den Aufenthalt)
Karsten Henning
Adélie Bebar (für Darth Vader)
Katja, Oliver und Michael Zerrath
Bastian Hauck (Bootswerft Schleswig)
Alexander Knuth (ISTEC AG)
Felix Wagner (für die Heftlieferung in Marstal)
Ralf Nolting ('ne glatte 1, Ralf)
Gordon Debus
Birgit und Detlef Jeß
Ingo Mehner (für die Leinenkontrolle)
Bente und Familie aus Fjellebroen
Stine
Martin
Skarø Havn
Delphine

MEINE 5 SCHÖNSTEN HÄFEN IN DIESEM SOMMER:

1. „Lykken"
2. Ærøskøbing – danke für den Schritt zurück!
3. Skarø
4. Fjellebroen – I'll be back
5. Fynshav und Mommark – ihr seid beide toll.

DIE 5 SCHLIMMSTEN HÄFEN:

1. Svendborg
2. Fåborg

Mehr kriege ich mit dem Prädikat „schlimm" nicht zusammen.
Die beiden Häfen kommen auf die Liste, weil dieses Kartengedröse nervt.

MEINE LIEBLINGS-WETTERDIENSTE:

1. Der Blick aus dem geöffneten Niedergang
2. Yr.no – der norwegische Dienst. Für mich der präziseste

VORHERSAGE. APP UND BROWSER:

3. Dmi.dk – der dänische Dienst. App und Browser
4. Smhi.se – der schwedische Wetterdienst. App und Browser